어른아이로
산다는 것

어른아이로 산다는 것

2017년 8월 31일 초판 1쇄 발행
2018년 2월 14일 초판 28쇄 발행

지은이 지민석
펴낸이 김상현, 최세현   **펴낸곳** 박하
출판신고 2016년 5월 20일 제406-2016-000066호   **주소** 경기도 파주시 회동길 337-16 3층
전화 031-955-9912, 9913   **팩스** 031-955-9914
이메일 bakha@bakha.kr   **페이스북** bakhabooks
책임편집 이기웅, 정선영, 김새미나   **경영지원** 김현우, 강신우
마케팅 심규완, 김명래, 권금숙, 양봉호,   **해외기획** 우정민
     최의범, 임지윤, 조히라

© 지민석 (저작권자와 맺은 특약에 따라 검인을 생략합니다)

ISBN 979-11-87798-21-7 (03810)

어른아이로
산다는 것

지민석

시드앤피드

차례

3. 아직 나의 계절이 오지 않았을 뿐

4. 달라도 틀리지는 않아

나는 서툰 어른일까,
조숙한 아이일까?

어머니께서 종종 이렇게 말씀을 시작하셨던 적이 있다.

"네가 커서 이다음에 어른이 된다면…."

뒷말은 정확히 기억이 나진 않지만, 아마 아들의 인생에 대한 염려에서 비롯된 말이었을 것이다.

어쨌거나 '어른이 된다.'라는 말은 내겐 아직 풀지 못한 숙제와도 같다.

국가에서 공인된 나이를 지남으로써 성인이 된 나는 지금 어른인 걸까?

도대체 어른이라는 기준은 무엇일까?

뜨거운 청춘을 겪으며 사랑하는 사람을 만나 가슴 아린 연애와 이별을 해본 사람, 그런 사람을 어른이라 부르는 걸까. 아니면 그 사랑의 연장선에서 혼인을 맺고 자식이 태어난 후에야 비로소 어른이 되는 걸까.

명사로서 '어른'의 뜻은 이렇다.

―다 자란 사람. 또는 다 자라서 자기 일에 책임을 질 수 있는 사람.

―나이나 지위나 항렬이 높은 윗사람.

―결혼을 한 사람.

어른이라는 명확한 의미를 찾아보고 나서야 이 조건들 가운데 하나라도 속하면 어른이겠구나 싶었지만, 생각해보면 우리가 살아가고 있는 사회는 어른이 되기도 전에 어른스러움을 먼저 요구하고 있는 게 아닌가 하는 생각이 든다.

형용사로서 '어른스러움'의 뜻은 또 이렇다.
— 나이는 어리지만 어른 같은 데가 있다.

어른과 어른스러움의 사전적 의미는 아직까지 나에겐 썩 명쾌한 해답은 아닌 거 같다.

언젠가 아버지랑 캠핑을 간 적이 있다. 캠핑의 환경은 집보다 상대적으로 열악하다. 세면 환경도 비위생적이고 텐트 속에서의 잠자리 또한 불편하기 그지없다. 그럼에도 불구하고 내가 캠핑을 좋아하는 이유가 있다. 시끄러운 도심이 아닌 고요한 산속에서 무엇에도 방해받지 않고 혼자 생각할 수 있는 시간이 많아서

다. 요즘도 가끔 소란스러운 마음을 가라앉히러 캠핑을 가곤 한다.

아버지를 따라 산을 올라갔다. 멀리 사위어가는 도시의 불빛들을 바라봤다. 어둠이 깊어갈수록 희미한 도시의 불빛들과 아버지의 뒷모습이 마음을 채워갔다. 그래서 그런지, 그날따라 아버지의 그림자는 유독 더 커보였다.

나에게 아버지는 감히 마주 대하기 힘든 커다란 존재였으며 전형적인 어른이었다. 예전부터 그래왔고 지금도 그렇다. 그렇다면 아버지가 생각하는 어른은 무엇일까? 아버지에게도 유년 시절이 있었을 테고, 스스로를 늘 어른이라고 생각하면서 살아오지는 않으셨을 테니 말이다.

솔직히 말하자면 내가 생각하는 어른은 매우 상대적인 개념이다. 그리고 그 어른에게도 분명 더 큰 어른이 있다. 그래서 난 이 세상에 완벽한 어른은 없다고 생각한다. 어른 아이 할 것 없이 누구나 서툴고, 서툴렀고,

또 앞으로도 아주 가끔은 서툴기 마련이니까….

　나뿐만 아니라 우리는 지금 대부분 어른아이로 살아가고 있다.

　나와 비슷한 또래의 사람들이 겪고 있는 일이겠지만, 우리는 자신도 모르는 사이 훌쩍 커버린다. 한 해 한 해 책임져야 하는 게 한두 가지씩 늘어나며, 그렇게 어느새 어른이 되어간다. 난 이러한 과정을 겪고 있는 사람들을 '어른아이'라고 부르고 싶다.

　누군가의 눈에는 지금 우리가 어른 행세를 하며 비교적 어른스럽게 살아가고 있는 것으로 비춰지겠지만, 아직 마음 한구석 저편엔 어린아이와 같은 순수한 그때 그 시절을 품고 있다.

　각자의 삶의 방식과 환경은 제각기 다르기 마련이지만, 대개 우리가 살아가면서 경험하는 건 비슷하기 마련이다.

오늘 난, 여느 사람들과 같이 어른아이로 살아가고 있는 평범한 한 사람의 이야기를 전하고자 한다.

1. 조금 서툴러도 괜찮아

스스로를 외로움에 가두어두지 않기를 바란다.

주위 시선으로부터 조금 더 의연해지고

홀로 무얼 하든 오히려 그것이 더 편하다고 느끼기를.

객
지
생
활

나이가 어느 정도에 이르면 대부분 나름의 이유로 정든 고향을 떠나 객지로 향한다.

나 또한 취업이라는 이유로 회사가 있는 서울 남쪽 끝 변두리인 신림동으로 이사를 왔다. 집을 구하고 짐을 풀었을 당시엔 집이 너무 휑했다. 꼭 필요한 가구조차도 미리 준비하지 못했을 뿐더러 그 외에도 불편한 구석이 한두 가지가 아니었다. 무엇보다도 내 집이지만 참 낯설었다.

이삿짐이 그리 많지 않아 당장 생활에 필요한 기본적인 물건들을 부모님과 같이 날랐다. 어머니께선 말없이 집 안 구석구석을 여러 번 쓸고 닦았다. 아들이 조금이나마 쾌적한 공간에서 지내길 바라는 마음에서였을 것이다. 그러곤 내게 걱정이 가득 찬 표정을 지으시며 이런저런 말씀을 하셨다.

"외출할 때는 콘센트 다 뽑아놓고, 혹시 세탁기나 에어컨 같은 거 잔 고장 날 때는 집주인 할아버지한테 전화 드리고, 밖에 음식 너무 사 먹지 말고, 귀찮더라도 어지간하면 집에서 해 먹고…."

"걱정하지 마세요. 괜찮아요. 제가 무슨 어린애도 아니고…."

어머니에겐 하나하나가 다 걱정거리였다. 당시 어머니 눈에 나는 더도 덜도 없이 그저 우물가에 내놓은 아이로 보였으리라.

어머니의 속내를 모두 헤아릴 수 있는 건 아니지만, 어느 정도 짐작은 갔기에 그 시간들이 마냥 편하지만은 않았다.

"우리가 가야 민석이도 마저 짐 정리하고 편하게 쉴 수 있을 테니 그만 일어섭시다."

아버지의 말씀이셨다.

부모님과 짧은 인사를 나누고 시야에서 점점 멀어져가는 차 뒤꽁무니를 한참 동안 바라보았다.

분명 어머니께서는 차 안에서 고개를 돌려 나를 바라보고 계실 거 같아, 걱정하지 마시라는 표정으로 손을 흔들며 배웅했다.

다시 집에 들어와 남은 짐 정리를 하다가 나도 모르게 울컥했다. 텅 빈 공간에서 나 혼자 덩그러니 남아 있는 기분이 들었다. 헤어진 지 10분도 채 지나지 않았는데도 불구하고 벌써 가족들이 그리웠다.

대충 짐 정리를 마치고 잠자리에 들려던 찰나에 어머니로부터 전화가 왔다.

"우리 도착했어. 짐 정리는 잘 되어가니?"

"잘 들어가셔서 다행이네요. 정리는 거의 다 한 거 같아요. 이제 잠자리에 들려고요."

"그래, 푹 자고 내일 출근 잘 하고 또 연락하자."

"네. 사랑해요."

"엄마도 사랑해."

통화하는 내내 울컥했던 마음을 억누르고 애써 괜찮은 척하며 전화를 끊었다. 어머니는 대수롭지 않다는 듯이 편안한 말투로 말씀하셨지만, 내가 그런 것처럼 어머니 또한 애써 근심을 억누르고 하시는 말씀이란 걸 눈치챌 수 있었다.

그렇게 객지에서의 낯선 첫날밤은 저물어갔으나 잠은 쉽게 오지 않았다. 부모님께 나는 아직도 아이, 그것도 물가에 내놓은 아이처럼 서툴고 미숙한 존재일까.

이런 말이 있다.

"대입 N수생과 공시생 앞에서 젊음을 한탄하지 마라."

　내가 들었던 말 중에서 가장 뼈저리게 공감했던 말이었다.

난 입시공부를 다시 했다. 그 시간 속에서 외로움은 언제나 나의 몫이었다. 입시의 성공 여부를 떠나서 그 과정, 그 긴 시간들이 아프면서도 참 소중하게 느껴진다. 아직 철이 없어서 자만하는 걸지는 몰라도 독학이 나름 내 스타일에 맞는 것 같았다. 따로 입시 학원에 등록하지 않고 도서관을 오가며 혼자 공부했다. 보통 오전 8시쯤 집에서 나와 자정이 다 돼서야 귀가했다. 도서관에서 점심 저녁을 다 해결하기 때문에 언제나 내 도시락 통은 두 개였다. 아침에 일어나 눈을 뜨면 식탁 위에 도시락 가방이 올려져 있었다. 어머니는 직장을 다니셨다. 아침 출근 준비하기에도 바쁜 시간들이었지만 늘 정성스럽게 도시락 두 개를 챙겨주셨다.

독학은 자기 주도가 가장 중요하다고 들었다. 혼자서 하는 공부이니만큼 계획적이고 체계적으로 일과를 보내고자 노력했다. 그렇게 반복되는 일상의 연속. 얼마 지나지 않아 내게도 수험생 우울증이 찾아왔다. 여느 또래들처럼 죽어라 술을 퍼마시고 싶고, 사랑도 찐하게 하고 싶었다. 그럴 때마다 골방에 갇혀 공부를 하는 자신을 볼 때면 더 우울해지곤 했다.

'무엇을 위해 내가 지금 이렇게까지 해야 하는 거지?' 우울함이 나를 지배할 땐 내 감정은 쉽게 통제가 되지 않았다. 밥을 먹다가도 목이 멨다. 그 수많은 밥알 하나하나가 복잡한 나의 심정과도 같았다.

그러던 어느 날, 무턱대고 친구를 만나러 서울로 갔다. 버스 창가에 스쳐 지나가는 독서실 간판을 보자 마음이 불편해졌다. '오늘 하루만큼은 그냥 푹 쉬자.'라며 죄책감을 애써 달랬다.

친구와 신나게 놀았다. 그날따라 시간은 왜 또 그렇게 빨리 흘러가던지. 하루 땡땡이 친 걸 들키지 않으려고 평소 귀가하는 시간에 맞춰 다시 버스를 탔다.

버스에서 내려 집으로 걸어가고 있었다. 그때 문득 가방 안에 있는 도시락이 생각났다. 밖에서 오랜만에 만난 친구와 끼니를 때웠던지라 가방 속 도시락은 까맣게 잊고 있었던 것이다.

어떻게 해야 할지 고민했다. 어머니가 정성스레 싸주신 도시락을 버릴 수는 없었다. 집 바로 옆 교회 마당에 앉았다. 어머니가 챙겨주신 도시락은 두 개. 배는 이미 부른 상황. 하지만 꾸역꾸역 도시락 두 개를 다 비웠다. 급하게 도시락을 비웠던 탓에 탈이 나 그날 밤 내내 고생했던 기억이 난다.

난 아직도 그때 교회 마당에 쭈그려 앉아 비웠던 그 도시락을 잊지 못한다. 그 시절 도시락은 내게 단지 끼니를 해결하기 위한 식량만은 아니었다. 그 밥과 반찬들은 고단한 생활 속에서 어머니와 나를 이어주던 애정과 감사의 양식이었다. 자식이 힘들어하는 걸 곁에서 지켜보는 부모의 속이 편할 리 없다. 어머니는 자신의 수고 따위 아랑곳하지 않고 오직 자식을 위한 마음으로 만든 무언의 위로이고 용기였을 그 도시락 두 개.

그러고 보니 문득 전하고 싶은 말이 있다.
지난날, 참 애썼다. 우리 가족.

빈 도시락을 가방 속에 넣고서야 귀가해 현관문을 열었다. 아버지가 반갑게 맞이해주셨다.

"고생했다. 큰 아들."

자정이 다 지난 시간인데도 불구하고 아들을 기다리셨던 부모님을 마주하니, 나도 모르게 울컥했다. 죄송스러움이 몰려왔다. 그렇게 억지로라도 비워야 했던 도시락으로 인해 짧게나마 방황했던 나를 돌아보게 되었다. 너무나 한심했다. 그날 밤 새벽이 무척이나 길게 느껴졌다. 내 방 천장을 응시할 때마다 아침에 도시락을 싸시는 어머니의 모습이 자꾸 떠올랐다. 그렇게 긴 밤 내내 이런저런 서글픔들이 내 방 구석구석에 가득했다.

　그 뒤로 시간이 많이 흐른 요즘, 내 매 끼니는 어머니가 해주시는 음식이 아닌 밖에서 사 먹는 음식으로 해결하게 되었다. 전날 과음을 했든가, 밤잠을 설친 다음날, 출근길에 몸이 내 몸 같지 않을 때가 종종 있다. 이렇게 내 몸뚱이 하나 건사하기도 힘든 아침이면, 문득 지난날 식탁 위에 오른 도시락 가방들이 어른거릴 때가 있다. 그땐 조용히 생각에 잠긴다.

'이른 시간이니 지금 주무시고 계시겠지.'

어머니의 아침잠이 편안하길 바라면서.

외
로
운
날

누구나 살아가면서 외로운 날들이 있다. 이런 날에는 나 혼자만 동떨어진 기분이 들며, 자존감마저 추락해 한없이 괴로운 감정의 소용돌이 속으로 빠져든다. 외로움은 누구에게나 힘든 것이기에 저마다 외로움을 해소하기 위한 다양한 방법들을 가지고 있게 마련이지만, 나의 경우는 무엇보다 먼저 사람들과의 만남을 통해 해결하는 편이었다. 가장 일반적인 방법이랄 수 있겠으나 사람들과의 만남이야말로 외로움의 시간을 극복하는 가장 원만한 방식이 아닌가 싶었다.

언젠가 친구가 나에게 물었다.

"야, 넌 외로움을 극복하려면 보통 어떻게 해?"

너무나 느닷없는 물음인지라 잠시 생각에 잠겼다. 친구의 입에서 갑자기 튀어나온 외로움이란 단어는 대충 얼버무려 대답하면 안 될 절박한 울림이 담겨 있었다. 머릿속을 스치는 여러 상념들을 정리하며 그에게 어느 때보다 진지하게 말을 전했다.

"나? 나는 예전엔 뭔가 외롭다고 느껴질 땐 집 안에 있기가 싫어지더라…. 그래서 일부러 약속을 만들어서 밖에 나가서 시간을 보내곤 했어."

"맞아! 나도 없던 술자리 만들어서 그날은 취하려고 작정하는데."

"그렇지? 그렇게 밖에서 사람들을 만났을 때는 비교적 외로움을 덜 느꼈거든. 근데 웃긴 게 자리가 끝나고 다시 집으로 오니까 이상하게도 아까보다 훨씬 더 외로워지는 거야. 처음 외롭다고 느꼈던 감정보다 몇 배나 더."

친구는 자신의 기억을 되짚어보는지 얼굴이 생각에 잠긴 듯 보였다.

그와 대화를 하며 외로움을 극복하는 나를 돌아봤다. 외로움이 반복될 때마다 나는 밖으로 나가곤 했다. 하지만 만남의 시간 뒤로 집에 들어올 때면 더 큰 우울함과 마주했다. 언젠가부터 굳이 누군가를 만나려고 애쓰지 않기로 했다. 외로움을 벗어나기 위해 급급하지 말고 차라리 외로움을 온몸으로 겪어보자는 생각이 든 것이다. 나만 혼자 동떨어진 듯한 기분이 들 때면 아예 작정하고 혼자서 시간을 보냈다. 지금 이 순간 비록 세상 누구보다 외로울 순 있어도, 한편으론 온전한 나만의 시간이 주어진 거라 여겼다. 이 시간에 하릴없이 상념에 잠겨 있거나 미루어두었던 책을 볼 수도 있고, 영화를 볼 수도, 청소도 할 수도, 부족한 잠을 잘 수도 있다.

그에게 이렇게 말했다.

"그래서 요즘은 외롭다는 감정이 느껴질 때면
내가 많이 지쳐서 그렇구나, 라고 생각해.
그럼 지금 이 순간이야말로 아무한테도
방해받지 않는 곳에서 쉬어 가야 할 때가
온 거로구나, 라고 말이야.
그렇게 생각하니 외로움이 막상 나쁜 것만은
아니더라고."

무관심에서 편견이 나온다

세상엔 맛있는 음식이 너무나도 많다. 반대로 세상에 맛없는 음식 또한 수없이 많다. 하지만 맛있고 맛없고 는 어디까지나 다 개인차다. 내가 맛있다고 생각하는 음식이 다른 사람의 입맛에는 썩 맞지 않을 수도 있고 또 그 반대일 수도 있기 때문이다.

음식을 딱히 가리는 편은 아니지만, 가장 좋아하는 음식을 고르라면 단연 비빔밥이다. 비빔밥을 먹을 때 면 고추장을 잔뜩 뿌려서 먹는다. 사람마다 비빔밥에 넣는 양념 취향이 다 다르겠지만 난 고추장파다. 거기에 계란프라이까지 하나 얹으면 그것이야말로 화룡점정이고 금상첨화라고 할 만하다.

아, 강된장도 좋아한다. 맵고 짭조름한 두부를 밥에 비벼 먹으면 없던 식욕도 살아난다. 그래서 식당에서 밥을 사 먹을 때 내 선택은 주로 비빔밥과 강된장이 된다.

회사처럼 여러 사람 어울려서 단체 생활을 하게 되면 식사를 같이하는 경우가 많다. 말했듯이 다들 취향이 다른지라 회사 생활의 꽃이라 할 점심시간이 다가오면 무엇을 먹을지 치열한 눈치 싸움이 벌어진다. 나는 이 눈치 싸움에 참전하지 않고 대체로 대세를 따르는 편이다.

급하게 처리해야 할 업무 때문에 평소보다 늦은 점심시간.

"팀장님 오늘은 뭐 드실래요?"
"음…. 드시고 싶은 걸로 해요."
"그럼 오늘은 비빔밥 먹으러 가요!"

오늘도 대세를 따르자는 마음에 메뉴 결정권을 양보했는데, 이게 웬걸 누군가 비빔밥! 하고 외쳐주니 나도 모르게 행복해져서 탄성이 나올 뻔했다.

직원들은 삼삼오오 그룹을 꾸려 서로의 취향대로 식당으로 향했다. 그날 내가 속한 무리는 비빔밥 전문점으로 갔다.

시간이 시간인지라 한산했고, 직원분들도 늦은 점심을 차리고 계셨다.

자리에 앉아 메뉴판을 확인했다. 다양한 비빔밥들이 메뉴판에 가득했다. 같은 비빔밥이라고 해도 제각기 다 달랐다.

주문을 하기 전에 내 시선은 직원분들의 점심상으로 향했다. 저분들은 어떤 비빔밥을 드시려나? 역시 개인의 취향 차이가 있긴 하겠지만 그래도 저분들이 선택한 비빔밥이 상대적으로 좀 낫지 않을까 하는 생각이 들어서였다.

근데 아뿔싸! 그게 아니었다. 주방에서 직원분들 테이블로 옮겨지고 있는 건 잔치국수였다.

하긴 비빔밥 전문집이라고 해서 비빔밥만 먹으라는 법은 어디에도 없으니까. 방금까지 아무 생각 없이 저 분들을 바라볼 땐 어차피 준비되어 있는 재료이니 비빔밥을 드시겠거니 했는데, 이거야말로 정말 바보 같은 생각이었다. 일하는 분들은 오히려 식당에서 하는 메뉴를 피해 다른 걸 먹는 경우가 더 많겠구나 하는 단순한 사실을 뒤늦게 깨달았던 거였다.

사람의 편견이란 이렇게 무의식 중에 생길 수도 있는 거로구나 하며 반성했다. 한 번만 더 관심을 가지고 생각해보면 어렵지 않게 헤아릴 수 있는 사실인데 그날 나는 선입견에 사로잡혀 있었던 것이다. 일행들은 모르는 일이었지만 그 사실이 부끄러웠던 이유는, 무관심과 습관적인 판단에 의지해서 발생하는 오해들이 내게도 적지 않을 거라는 생각에서였다. 이건 그리 간단한 문제가 아니다. 더구나 많은 사람들을 상대하며 직장 생활을 하고 있던 나라는 사람에게는.

생각과 관심이 없다면 내 눈에 비치는 것들이 다 진짜가 아닌 허상일 수도 있겠다 싶어 등줄기가 서늘해진 어느 하루의 점심시간이었다.

진심이 전해졌기를

진심은 거짓이 없는 참된 마음이라고 한다.

그런데 이 단어를 들을 때면 왜 이리도 먹먹해지는지.

  이 단어는 어떤 문장을 수식하느냐에 따라 그 어감이 따뜻해지거나 차가워진다. '진심으로 널 사랑해'와 '진심으로 네가 싫어'. 이 두 문장을 예로 들면 극명하게 느껴지듯이.

바람이 선선하게 부는 어느 밤. 방 안을 환히 채우는 형광등을 끄고 스탠드 불빛에 의지한 채 책을 읽었다. 책과 책을 쥔 손에만 불빛이 비치는 어두컴컴한 방 안. 갑자기 무언가에 빠져버리기에 전혀 어색하지 않은 분위기. 어느덧 책의 내용과 상관없이 혼자만의 생각에 잠겨버렸다. 지금껏 살아가면서 내 진심이 닿길 간절히 바랐던 적이 있을까? 갑자기 그것에 대하여 깊은 생각에 빠져들었다.

내 삶 속에서 진심이 닿았길 하며 기도했던 가장 최근의 일을 꼽아보자면 서점에서 처음 독자님을 만났을 때였다.

손끝이 시릴 정도로 추웠던 어느 겨울날. 그날은 눈이 내렸고, 나의 첫 번째 책이 세상 밖에 나왔다. 첫 책이라 감격스러웠다. 책이 출간되고 일주일쯤 지났을 때 서점을 찾았다. 대형서점 베스트셀러 매대에 내 책이 떡하니 있었다. 책을 출판하고 주변 지인들로부터 서점에 놓인 책 인증 사진을 많이 받기도 했다.

책이 서점에 있다고 생각하면 두근거리고 벅차오를 줄 알았는데 막상 실제로 그런 일이 벌어지니 딱히 별 감흥이 없었다. 오히려 그냥 덤덤했던 거 같다. 이전에 서점에 갈 때면 '언젠간 내 책도 저기 한구석에 꽂혀 있겠지' 하는 상상을 늘 하며 설레는 마음을 삼키곤 했었다. 그런데 막상 서점에 서서 내 책을 다시 보자니 아쉬움만 클 뿐이었다. '아, 조금만 더 문장을 다듬을걸!' '이 부분은 가독성이 조금 떨어지는 거 같네….'

그리고 얼마 뒤, 광화문에 있는 한 서점을 찾았다. 방문 목적은 서점에 비치된 책에 사인하기. 거창한 사인회 같은 건 아니었다. 내가 그렇게 대단한 작가도 아니고. 서점에 비치된 책에 사인을 해놓고 오는, 일종의 이벤트였다. 내 개인 SNS 계정에 알려놓고는 서점으로 향했다. 서점 관계자분이 마련해준 방에서 사인을 마치고 다시 책들이 놓여 있는 매대로 발길을 옮겼다. 괜히 그 주변을 계속 어슬렁거렸다. 사실 서점에서 누군가 내 책을 들여다보고 있거나 실제로 구매하는 모습을 본 적이 없었던 터라, 내심 그런 광경을 목격하기를 기대하며 주변을 서성이던 참이었다.

그러던 중 한 여성분의 시선이 내게 고정되는 게 느껴졌다. 그 여성분은 한 손에 내 책을 들고 있었다. 나를 알아본 게 분명했다. 내 SNS를 봤나. 막상 누군가 내 책을 손에 들고 나를 알아보는 것 같은 상황에 닥치니 쑥스럽기 짝이 없었다.

만약 먼저 말을 건넸는데 나를 못 알아보면 어떡하지? 정말 우스운 꼴이 될 텐데…. 그런 걱정에 휩싸였다. 그렇게 그분은 5분가량 내 곁을 서성이다가, 결국 발길을 돌렸다. 점점 멀어져가는 그분의 뒷모습을 바라보며 내 자신이 너무 초라하게 느껴졌다. 아니, 바보 같았다. 나 보겠다고 먼 길을 오셨을 수도 있는데, 그깟 용기가 없어서…. 정말 내가 바보 같았다. 이대로 독자분을 보낼 순 없었다. 눈 한번 질끈 감고 시야에서 멀어져가는 여성분에게 뛰어갔다. 조심스레 어깨를 툭툭 두드렸다. "안녕하세요. 제가 들고 계신 책을 썼습니다."

지금 생각해도 멋스럽지 않은 첫인사말이었다. 다행히도 그 여성분도 웃음으로 답해주셨다. 사인을 하고 사진까지 같이 찍었다. 그분 역시 되게 수줍어했다. 그렇게 불과 몇 분, 짧은 만남을 파했다.

먼저 말을 건네고 인사를 하는 것이 그리 대단지도 어렵지도 않은 일이었는데, 처음엔 뭘 그리 망설였을까? 나를 보러 먼 길 와준 그 독자분께 진심으로 감사했다. 그 진심을 나는 참 어리숙하게 표현한 것이다.

진심을 표현하기란 누구나 어려울 것이다. 진심이란 감정은 내 마음 깊숙한 곳에 자리 잡은 감정이다. 그 감정을 상대방에게 보일 때 누구나 가슴 떨릴 수밖에 없으리라. 몇 분이었지만, 나는 그 몇 분 동안 내 진심을 표현하지 못해 답답했고, 표현할 방법을 몰라 또 답답했다. 진심이 너무 깊숙한 곳에 있어, 내 진심을 제대로 알지 못하는 것, 또 진심을 표현하지 못하는 것은 깊숙한 진심을 찾기 위해 방황하는 과정일 수 있다. 그 고난의 과정을 거친 끝에 어렵게 만난 나의 진심을 드러내 보이는 순간, 그것으로 충분하다. 그것만큼 값진 것도 없을 테니까.

남겨 놓은 궁금증

음악은 그날그날의 감정에 상당한 영향을 끼친다.
비가 오는 날엔 왠지 모르게 윤하의 '우산'이나 이문
세의 '빗속에서' 같은 노래를 찾게 된다.

　간혹 길거리를 지나다 보면 어딘가에서 흥이 나는
팝송이 들려온다. 난생처음 듣는 멜로디인데도 불구하
고 금방 귀에 익숙해져 어깨를 들썩이게 된다.

나는 대중이 좋아하는 노래를 따라 좋아하는 평범한 음악 애호가일 따름이지만, 특별히 마음이 끌려 좋아하는 음악은 몇 곡 있다. 그렇게 우연히 좋아하게 된 한 곡 때문에 얼마 전 돌이켜 생각하면 헛웃음이 나오는 일이 있었다.

지하철을 타려고 잰걸음으로 길을 걷던 중이었다. 지하철역 입구 근처 화장품 가게에서 처음 듣지만 귀에 착착 감기는 멜로디가 흘러나왔다. 기껏 몇 초에 불과

했지만 난생처음 듣는 이국의 팝송이 내 마음을 사로
잡았다. 노래 제목이나 가수는 물론 정확한 가사도 모
른 채 지하철을 타고 가는 내내 머릿속에서 멜로디가
떠나지 않았다.

　일을 마치고 집으로 돌아와 그 노래의 제목이 뭔지,
최소한 가수 이름은 무엇인지 알아보려고 했지만 방법
이 없었다. 내가 쥔 단서는 불과 몇 초의 멜로디뿐….
아쉬운 마음에 급기야 포털 사이트에 질문을 남겼다.

　"'오와 오와 오와 오와'라는 후렴부인데 이런 팝송
아시는 분?"

　내가 남긴 질문이었다. 지금 생각하면 얼굴이 화끈
해질 만큼 말도 안 되는 질문이었지만, 그날은 정말 그
런 질문을 남겨서라도 알아내고 싶을 만큼 정체 모를
멜로디에 대한 집착이 굉장했다.

　결국 그 팝송의 제목은 알아내지 못했다. 찾고 싶어
도 찾을 수 있는 단서가 없었다. 나와는 인연이 없는 노

래인가 보다 하며 어쩔 수 없이 포기했다. 물론 나중에 우연히 또 그 노래가 흘러나온다면 무슨 수를 써서라도 알아내겠노라고 다짐했지만 말이다.

그러고 보면 나는 학창 시절 때부터 풀리지 않는 궁금증이 있으면 오래도록 그것에 집착했다.

중학생 때 한번은 친구가 내게 빌려간 볼펜 한 자루를 잃어버린 적이 있었다. 그날 나는 수업을 마치고 당시 다니던 학원도 가지 않은 채 온 교실을 뒤져 볼펜을 찾고 나서야 분이 풀렸다. 그 볼펜이 비싼 물건이라서 그런 게 아니었다. 남들 눈에는 500원 남짓한 싸구려 물건이었지만 나에게는 쓰기 편하고 손에 익은 볼펜이었다. 그런 볼펜에 발이 달린 것도 아닌데 친구가 교실 안에서 잃어버렸다고 하기에 그것을 찾지 못한다는 게 말이 되지 않는다고 생각했다. 그 생각을 놓지 못해 볼펜 찾기에 집착했던 것이다.

이렇게 나라는 인간은 한번 생각이 머물면 그 생각에서 벗어나지 못한다. 궁금증이 풀리지 않는 일이 생기면 하루 종일 그 생각에서 헤어나오지 못한다. 이런 내 성격을 스스로 너무나 잘 알기에 팝송 제목 찾기에 집착하다가 밤을 샐 게 뻔해서 그냥 포기했던 것이다.

　다음날 회사에 출근을 했다. 아무래도 내가 일하는 곳이 온라인 마케팅 회사이다 보니 컴퓨터 앞에 앉아서 하는 업무가 많다. 그래서 직원들이 자율적으로 만든 규칙이 있는데, 바로 지루함과 졸림을 극복하기 위해 한 사람씩 돌아가면서 일일 DJ를 맡는 것이다. 차례차례 DJ가 되어 나름의 선곡을 해서 동료들에게 음악을 들려주는 것이었다.

나는 별 생각 없이 그날의 업무를 처리하고 있었다. 그런데 순간 화들짝 놀랐다. 어제 그렇게도 알고 싶어 했던 팝송이 들리는 것이다. 속으로 와! 하고 탄성을 지르며 기뻐했다. 그날 DJ를 담당한 동료에게 이 팝송의 제목이 무엇이냐고 묻자 웃으며 대답했다.

"이 노래 정말 좋죠? 요새 빌보드 차트 1위래요!"

어제 내가 그토록 알고 싶어 했던 노래는 바로 에드 시런의 'Shape of You'라는 곡이었다. 제목과 가수의 이름을 아는 순간 꽉 막혀 있던 답답함이 뻥 뚫린 느낌이었다.

어떻게 보면 내 집착이 낳은 하나의 해프닝이라 할 수 있지만, 궁금증이 생기면 반드시 풀고 싶어 하는 내 성격을 다시금 돌아보는 계기가 되었다. 케케묵은 궁금증이 풀려 더할 나위 없이 행복했지만 그 일은 순전히 운에 불과했다. 만약 그날 동료가 그 음악을 들려주지 않았더라면 나는 스쳐 지나간 멜로디를 붙들고 계속 난리법석을 떨었을 테고, 어쩌면 지금까지도 붙들고 있었을 것이다.

대개의 일들이 그렇다. 아무리 집착하고 풀어내려고 해도 해결되지 않는 일들이 대부분이다. 어쩌면 그런 일들은 미제로 남아 있는 게 더 나을 수도 있다. 궁금증이 풀리기 전까지는 누가 뭐라 해도 내 기억 속에서 무엇보다 흥미롭고 기대를 품게 만드는 미지의 것이기 때문이다.

그런데 집착했던 무언가가, 혹은 정체를 알 수 없었던 무언가가 내 손에 쥐어졌을 때 과연 머릿속에서 부풀었던 환상만큼 여전히 매력적일까?

그래서 지금은 무언가에 집착하지 않고자 애쓴다. 무언가가 엄청 궁금하고 알아내고 싶을 때, 과감히 포기해보곤 한다.

무언가를 궁금해하는 마음들이 남아 내 삶의 원동력으로 이어지길 바라는 마음에서다.

말을
아
끼
려
는
노력

직장인들에게 직장이란 출근을 하자마자 퇴근하고 싶
은 곳이라는 글을 어느 유머사이트에서 봤다.

정말 공감했다. 이런 말을 누가 처음 생각해냈는지는
모르겠지만, 그 사람도 직장에서의 시간이 무척 고되
고 지루했나 보다.

조직 생활을 할 땐 동료 간에 마찰이 생기기 마련이다. 일하면서 요령을 피우거나 능청스럽게 거짓을 일삼거나 죽어도 자신은 손해를 안 보려는 사람들은 어디에나 있으니까. 상사에게 잘 보이려고 아부하거나 교묘한 방식으로 남을 험담하는 이들은 물론이고, 사소하게는 본인의 자리를 청소하지 않아 주변에 피해를 주는 사람들 또한 직장 내 스트레스의 원인이다.

나 또한 직장 내에서 동료로 인해 갈등이 생긴 적이 여러 번 있었다.

과자나 음료수를 먹고 치우지 않는 한 동료로 인해 늘 신경이 쓰였다. 아침에 출근해서 내가 치우지 않으면 몇 주가 지나도 내 맞은편 자리는 쓰레기로 가득했다. 더운 여름날에는 파리와 초파리까지 꼬여서 고통이 더했다. 내가 냄새에 민감한 편이라 다른 사람들이 느끼는 것보다 불쾌감이 더 컸을 것이다. 청소를 좀 했으면 좋겠다고 말을 할 수도 있었지만, 솔직하게 말을 뱉어버리면 상대방의 기분이 상할까 봐 걱정이었다. 그와 관계를 나쁘게 하느니 차라리 내가 조금 더 참고 살자고 마음먹었다.

그런데 어느 날 문득 이런 생각이 들었다. 이렇게 고통을 견디며 지낼 바엔 차라리 내가 청소를 해주자! 누군가 자기 자리를 청소해주고 있다는 걸 알게 되면 부끄러워서라도 치우기 시작하겠지, 하면서 말이다. 이후 출근을 하면 자리에 앉기 전에 앞 사람의 자리를 청소하는 게 어느덧 내 아침 일과가 되었다.

그러다가 어느 날은 도저히 견디다 못해 맞은편 자리 직원이 자리에 있는데도 불구하고 쓰레기통을 들고 와 보란 듯이 치워버렸다. 그 모습을 보고 그가 던진 말은 내게 충격이었다.

"늘 고마워! 쓰레기 치워줘서!"

아…. 그 말을 듣는 순간 너무 기가 차서 아무 말도 하지 못했다. 그는 내가 베푸는 호의와 친절을 당연하게 느끼고 있었던 것이다. 사실 보는 앞에서 청소를 하면 조금이라도 미안해할 줄 알아서 한 행동이었는데 말이다. 하고 싶은 말이 정말 많았지만, 조금 뜸을 들이다 기분을 내색하지 않고 씩 웃으며 앞으로 청소도 좀 하면서 살자, 라고 겨우 말했다.

조금 더 어리고 철이 없었다면 그 문제로 인해 내가 얼마나 불편한지 입이 마르고 닳도록 열변을 토했을 텐데. 여기는 나의 직장이기에 매일 얼굴을 마주해야 하는 동료에게 차마 그럴 수는 없었다.

한 해 두 해 나이가 들수록 직장에서 말을 더 아끼게 되는 거 같다. 아니, 아끼려고 애쓰는 것 같다. 내 행동으로 인해 빚어질 결과를 경험으로 알게 되었기 때문일까. 딴에는 어른이 되어 한 수 뒤를 내다보는 것이 아닌 몇 수 더 내다보게 되어서라고 생각하지만, 직장 생활의 스트레스가 극심할 때는 가끔씩 철없어 보이더라도 어린아이처럼 모든 걸 솔직하고 즉흥적으로 표현하는 패기가 필요할지도 모르겠다.

혼자여도 괜찮다

한때는 혼자 밥을 먹는다는 건 상상할 수도 없는 일이
었다. 학창 시절 급식을 먹을 때도 친구들과 우르르 몰
려가 왁자지껄 수다를 떨며 밥을 먹곤 했다. 혼자 밥을
먹는 게 부끄러운 일도 아닌데 은근히 주위 시선에 신
경이 쓰였다. 하지만 성인이 된 후에 내 생각은 완전히
달라졌다.

재수를 할 때는 도서관을 오가며 어머니가 싸주신 도시락을 먹어야 했고, 대학에 들어와서는 대학 교정 후미진 곳에 앉아 허기에 주린 배를 채워야 하는 경우가 자연스레 많아졌다. 의도했던 건 아니지만, 혼자 요기를 해야 하는 상황이 잦아지면서 이른바 혼밥이 어색하거나 불편해지지 않게 되었다. 아마 남들의 시선을 의식하는 것보다 굶주린 배를 채우는 게 급선무였던 거 같다.

혼자 식사를 할 때는 대개 휴대폰에 다운 받아놓은 예능 프로그램을 보곤 했다. 그때 들인 습관이 지금까지 남아서, 요새도 집에서 혼자 식사를 해결할 때면 여전히 그렇게 밥을 먹곤 한다. 어쨌든 밥을 급하게 먹지 않게 되어 좋긴 하다.

조금 한가한 시간에 식당을 찾게 되면 혼자 식사를 하고 있는 사람들이 제법 눈에 띈다. 양 귀에 이어폰을 꼽고 휴대폰에 집중하면서 말이다. 내 모습과 별반 다를 건 없다. 사람 사는 게 다 거기서 거기구나 싶기도 하다.

요즘은 혼밥하는 사람들을 위한 1인 식당까지 생겼다고 한다. 일부러 그런 곳을 찾아가 혼밥을 해결할 마음은 없지만, 여러 방송 프로그램에서 소개된 걸 보면 정말 혼자 밥을 먹으러 온 사람들에게 최적화된 공간으로 보였다.

1인 식당이 급격히 늘어가는 데는 다 그만한 이유가 있기 때문일 것이다.

대가족 중심으로 이루어졌던 농본사회의 영향으로 우리는 아직 여럿이 함께하는 식사에 익숙하다. 그렇게 여럿이 모여 함께하는 식사자리를 통해 사회의 기본원리와 예절을 익혔다. 그래서 밥을 먹을 땐 자연스럽게 주위 시선을 의식하는 게 아닐까. 물론 남들의 시선도 신경 쓰면서 살아가야 하는 게 사회를 살아가는 예의이기도 할 것이다.

그러나 아무리 남의 눈치를 봐야 하는 세상이라고 해도 혼자 허기를 채우는 내 모습이 어떻게 비추어질까 신경을 써야 한다는 말에는 선뜻 동의할 수가 없다. 어차피 한 번 보고 말 사람들인데 굳이 연연할 필요가 있을까, 라고 생각해서만은 아니지만.

우리가 살아가는 이 사회가 너무 외롭기 때문일까? 누군가와 부대끼며 밥을 먹고 정을 나누는 것이 이따금씩 특별한 느낌으로 와 닿으니 말이다.

그렇다고 하더라도 스스로를 외로움에 가두어두지 않기를 바란다.

　주위 시선으로부터 조금 더 의연해지고 홀로 무얼 하든 오히려 그것이 더 편하다고 느끼기를.

　그런 자존감으로 혼밥의 즐거움을 만끽하기를.

선물을 주는 기쁨

아버지 생신을 겸해서 가족들과 야구장에 가기로 했다.

가족들은 강화도에서 문학구장으로, 나는 서울에서 그곳을 향했다.

오후 2시에 시작하는 경기라 일찌감치 집에서 나섰다. 주말이라 그런지 도로는 꽉 막혔지만 그래도 마음만은 무척이나 가벼웠다. 교통체증에 푹푹 찌는 듯한 무더위까지 뭐 하나 좋을 건 없었지만 기분이 구름 위에 떠 있는 것 마냥 들떠 있었다. 몇 주 전부터 미리 골라둔 생신 선물을 가방 속에 넣어두었기 때문이었다.

선물할 때의 그 기쁨을 나는 좋아한다.

선물을 받을 사람이 행복에 겨워할 모습을 상상하면 내가 마치 산타클로스라도 된 것처럼 마음이 넉넉하고 뿌듯해진다. 언제부터인가 선물을 받는 것보다 주는 것이 더 좋아졌다. 사랑하고 소중하게 느끼는 사람일수록 더더욱 그렇다.

지금껏 부모님께 드린 선물들은 어렴풋이 기억이 난다. 반대로 그간 부모님께 받았던 선물들은 다 기억할 수가 없다. 아마 내가 드린 것보다 받은 것이 훨씬 더 많아서일 테다. 그만큼 부모님께 많은 사랑을 받아왔다는 증거가 아닐까. 이제는 나도 그저 선물을 받고 기뻐하는 어린아이에서 부모님께 선물을 드리는 기쁨을 아는 나이가 되었다.

오죽하면 사랑을 받지 못하는 슬픔보다 사랑을 주지 못하는 슬픔이 더 크다는 말이 있을까. 선물을 받는 만족감보다 소중한 사람이 나로 인해 행복해할 때 그 행복감이 더 크다는 것을 깨닫게 되면서 나도 조금은 성숙해진 기분이 들었다.

이전에 느끼지 못했던 것들을 새롭게 느끼고,
사소한 것들의 소중한 의미를 깨우쳐가면서 우리는
조금씩 어른이 되어가고 있는 게 아닐까.

예기치 않은 행운

물건을 잘 떨어뜨리는 편이다. 동작이 크고 덤벙거리기 일쑤라 몸 곳곳에 멍도 자주 생긴다. 그래서인지 항상 지니고 다니는 휴대폰도 성한 데가 없다. 한번은 빨래를 개다가 실수로 서랍장 위에 놓인 휴대폰을 쳐서 떨어뜨렸다. 툭 하는 소리와 함께 휴대폰은 내 시야 밖으로 사라졌지만, 하던 일을 마저 마치고 찾아볼 생각으로 빨래 개는 일에 열중했다.

한참 후 얼굴을 바닥에 대고 서랍장 밑 어두운 구석을 살펴나갔다. 그런데 아무리 눈 씻고 찾아봐도 핸드폰이 보이지 않는 게 아닌가. 어라, 이게 어떻게 된 일이지. 몸을 바닥까지 웅크려 침대 밑을 뒤져보았지만 핸드폰은 보이지 않았다. 집에 일반전화를 두고 있지 않아서 진동으로 위치를 확인해볼 수도 없었다. 냉장고까지 밀어가며 찾아보았지만 보이는 건 그간 쌓였던 먼지뿐이었다. 결국 청소기를 꺼내 들었다. 그렇게 사라진 휴대폰 덕분에 때 아닌 청소를 하기 시작했다.

열려 있던 서랍 틈으로 떨어진 건 아닐까 하며 서랍 안도 뒤졌지만 헛수고였다. 분명 이 서랍장 근처에 있을 거 같다는 느낌이 들어 끙끙거리며 서랍장을 들어 올렸다.

유레카!

어둡고 깊숙한 구석에 휴대폰이 보일 뿐만 아니라 한동안 행방이 묘연했던 인감도장까지 보였다. 그렇게 애를 먹이더니 그래도 어디로 도망가지 않고 방 안에 있긴 있었구나 싶어 반가운 마음마저 들었다.

간혹 떨어뜨린 물건의 행방이 확인되지 않아 허둥거릴 때가 있다. 그럼에도 찾지 못할 뿐 물건이 없어질 리는 없다. 당장 물건이 있던 지점부터 찾기 시작하면 대부분 없어진 곳에서 가까운 장소에서 발견되기 마련이다. 원인과 결과의 관계가 복잡하지 않다는 것이다.

손에 꼭 쥔 핸드폰처럼, 누구나 살아가면서 간절하게 놓치고 싶지 않은 일이 한번쯤은 있다. 그럴 때면 만약 실수로 이 기회를 놓치면 어떡하지 하는 조바심마저 생긴다. 그런 일은 절대 발생하지 않을 거라는 근거 없는 확신으로 일관할수록 예기치 않았던 일이 발생했을 때의 충격은 크다. 나는 그럴 때면 심호흡을 하고 집 안에서 핸드폰을 잃어버린 것처럼 이렇게 생각한다.

'당장 내 눈에 보이지 않을 뿐이지, 그것이 사라질 리는 없다. 처음부터 찬찬히 다시 찾을 방법을 생각해보자.'

예상치 못한 뜻밖의 일들이 한동안 마음을 어지럽힐 수는 있다. 하지만 또 예상치 못했던 더 좋은 결과를 불러올 수도 있는 일이다. 비록 휴대폰을 찾는 시간 동안은 불안하고 초조했지만, 그걸 다시 찾게 되었을 때 기쁨은 이루 말할 수 없다. 물건을 떨어뜨리는 일로 인해 눈에 보이지 않던 집 안의 먼지를 청소하고, 잃어버렸던 다른 물건까지 찾게 되는 행운을 얻게 되리라고 언제 눈곱만큼이라도 생각했던가. 근심과 두려움의 시간을 잘 견뎌내면 예기치 않은 순간에 선물 같은 보상이 찾아올 수 있다는 얘기다.

내일이 한 치 앞도 보이지 않는다 해도 너무 불안해하지 않으려고 한다. 느닷없는 불운이 닥쳐도 당황하지 않으려고 한다. 내 마음만 흔들리지 않는다면 차분히 대처해나갈 수 있는 일이다. 다만 현재에 충실하면 그뿐.

그 시간이 지나면 다시 이렇게 생각할 것이다.
"사실 별 문제도 아니었네."

색
안
경
긴
생
각

연인과 길을 걷던 중이었다.

장대비가 후두둑 쏟아지는 장마철이었다.

우산 하나에 의지해 최대한 웅크리고 비를 피했다. 평소 같으면 거리를 가득 메우고 남았을 소음들이 빗소리에 묻혀 하나도 들리지 않았다. 오로지 어깨를 맞대고 있는 그녀의 낮은 숨소리와 가끔 가다 고인 물에 발을 내딛을 때 차박 하고 들리는 소리가 전부였다.

갑자기 그녀가 고개를 돌려 내 눈을 바라보며 한껏 신이 난 듯 목소리를 높여 말했다.

"매미 소리가 들려!"
"응? 무슨 매미 소리?"

   그녀는 매사에 참 엉뚱한 편이다. 하지만 내가 못 들은 걸 수도 있으니 귀 뒤에 손바닥을 오므리고 소리에 집중해봤다. 허나 매미 소리는 들리지 않았다. 그렇게 별 대수롭지 않게 그녀의 말을 흘려들었다. 우리는 점점 거세지는 빗줄기 탓에 가까운 카페로 들어가 비를 피했다.

주문한 음료를 마시며 노트를 꺼내 한참 여름 여행 계획을 짜는 중이었다.

종업원이 카페 문을 활짝 여는 순간 실내의 음악소리와 바깥의 빗소리가 한데 섞여 들려왔다.

그 순간 그녀는 또 내게 이렇게 말했다.

"들어봐! 매미 소리가 들려!"

"음…. 나는 잘 안 들리는데. 귀는 내가 더 밝은데 어째서 나한텐 들리지 않는 걸까?"

"그러게. 그런데 내가 원래 매미 소리를 잘 듣긴 해!"

두 번이나 매미 소리를 듣지 못해 조금은 머쓱하고 미안한 마음이 들었다. 하지만 주변 어디에서도 들리지 않는 걸 어쩌랴. 그녀는 분명 매미 울음소리를 들었노라고 확고하게 믿고 있었다. 그녀가 유난히 매미 울음소리에 민감하게 반응하는 건 그 소리를 좋아해서일 거라고 생각했지만 사실은 정반대였다. 그녀는 매미 울음소리가 싫다고 했다. 워낙 싫어하는 소리라 더 예민하게 들리는 모양이었다.

　10분가량 온 신경을 청각에 집중시켰다. 의자를 끄는 소리, 옆 테이블의 수런거리는 대화 소리, 잔들이 부딪히는 소리, 밖에서 들려오는 소리 등 내 귀로 흘러드는 모든 소리들을 놓치지 않으려고 애썼으나, 그 소리들 가운데 매미 소리는 없었다. '에이, 이렇게 비가 세차게 퍼붓는데 매미가 울긴 왜 울겠어. 어디 후미진 곳에서 잠이나 자겠지.'라고 생각하고 매미 울음소리에 기울였던 관심을 거두려는 순간 밖에서 우렁찬 매미 소리가 들려왔다.

　"어! 진짜 들리네. 진짜 매미가 우는구나!"
　"그렇지? 진짜 들린다니까!"

　장대비를 뚫고 매미 소리가 들리는 게 신기하기도 했지만, 그보다 그럴 리 없을 거라고 생각했던 자신에 대한 자책이 몰려왔다. 그녀와 함께 있을 때 선입견을 버리지 못하고 고집을 부리다 민망해졌던 몇 번의 경험이 있었다. 속으로 다시는 내가 생각한 것만 옳다고 우기지 않기로 다짐했는데 이번에도 몹쓸 버릇이 나와버렸던 거다.

매미는 7년이란 시간을 땅속에서 기다리다 세상 밖으로 나온다고 한다. 하지만 세상 밖에서 살 수 있는 날은 고작 15일. 밖으로 나오기 위해 기다린 시간에 비하면 참 허무하기 이를 데 없는 생이다. 땅 위로 올라온 수컷 매미들은 2주 남짓한 시간 동안 짝짓기를 하기 위해 처절할 정도로 울어댄다. 하긴 생의 마지막에서 절정의 순간을 맞이하기 위해 내는 소리를 비가 온다고 해서 멈추겠는가. 매미들이 나 들으라고 바보- 바보- 하면서 우는 것 같았다.

생각에 색안경을 끼고 세상을 바라보는 건 자신을 어리석은 사람으로 만드는 일이다. 이날도 그러했다. 비가 올 땐 매미가 울지 않을 거란 색안경이 이미 나의 생각을 지배하고 있었기 때문에 그 매미 울음소리가 내 귀엔 들리진 않았던 것이다. 어떤 문제에 대해 은연중에 결론을 내버리거나 한 방향으로 마음이 기울어버리면 주변에서 아무리 진실을 이야기해도 그 뜻은 왜곡되기 마련이다. 심하면 눈앞에 선명한 진실마저 보지 못하는 상황에 이르게 된다. 혼자서야 틀린 걸 모르니 당당히 가슴 펴고 있겠지만 다른 이들에겐 참 어리석은 사람으로 비추어질 수밖에 없다.

나의 생각을 확신하지 못해 쭈뼛거리거나 침묵으로 대신하고 싶지는 않다. 자존감을 지키기 위해서라도. 하지만 자신의 생각을 확신하는 만큼 상대방의 말을 존중하고 경청하는 것도 못지않게 중요하다.

생각을 움켜쥐고 있는 편견들을 내려놓고 자신을 돌아보는 일이 어렵고 또 무겁게만 느껴지는 순간들의 연속이다.

학생이란 신분으로 살아갈 때 나의 가장 큰 행복은 휴
일이었다. 항상 지긋지긋한 학교라는 곳을 벗어나고
싶은 마음이 가득했다. 그렇게 휴일을 기다리는 낙으
로 평일을 살았다. 대체공휴일이 생기면서 주말이 겹
친 휴일이면 하루 더 쉴 수 있다는 기쁨도 누렸다.

　학교라는 굴레를 벗어나 처음 취직을 했을 때였다.
회사 관계자가 말하길 휴가는 1년에 15일이라고 했다.

"그래도 우리가 다른 회사에 비해 휴가가 진짜 많은 편이야."

그의 말은 전혀 위로가 되지 않았다.
어느 날엔가 점심시간을 이용해 나와 나이가 비슷한 동료 여사원과 커피를 마시며 휴가에 대해 이야기를 나눈 적이 있다.

"1년에 15일밖에 못 쉰다고 생각하니까 내 인생이 사라진 거 같아. 내가 너무 불쌍해…."

한숨이 깊게 밴 목소리였다. 나도 그녀의 말에 동조했다. 나를 비롯해 이제 막 사회생활을 시작하는 햇병아리들에게 연차는 소중함보단 초라함으로 다가왔다. 그래도 취업이 하늘의 별따기만큼 어렵다는 이 시기에 직장을 얻은 게 어디냐며 그녀를 위로했지만, 사실 나도 우울했다.

가족과 연락할 땐 주로 그룹채팅방을 애용한다. 어머니와 아버지는 가끔 직장에서의 모습을 담은 사진을 올리곤 하셨다. 평소 같으면 별 대수롭지 않게 넘겼을 사진들이었는데, 한번은 그 사진이 가슴에 뭔가 찡 하는 울림을 남겼다.

나는 고작 몇 개월 만에 직장 생활이 이렇게 버거울 줄 몰랐다고 투정을 부렸는데, 부모님은 아무 말 없이 꿋꿋하게 몇십 년째 직장을 다니고 계셨다. 순간 철없는 내 자신이 부끄럽고 마음 한구석이 아파왔다.

군인이셨던 아버지는 언제나 가장은 무슨 일이 있어도 가족을 책임져야 한다며 내게 입버릇처럼 말씀하셨다. 너도 가장이 되면 조금 피곤하다고 쉬고, 아프다는 핑계로 결근을 하는 일은 절대로 없어야 한다고 당부하셨다. 가장답게 품 안에 있는 자식들을 생각하며 조금 더 참고 견뎌야 한다면서.

고3 때였나? 가족들이 다 자고 있는 시간에 늦게까지 공부를 하다가 잠을 잘 타이밍을 놓쳐 멀뚱멀뚱 침대에 누워 있었던 적이 있다. 갑자기 안방 쪽에서 전화 벨소리가 울렸다. 아버지의 휴대폰이었다. 부대에 비상이 걸려서 잠도 자다 말고 일어나 급히 준비를 하시는 아버지를 보았다. 출근이 아니라 출동이었다. 나는 다시 자는 척을 했다. 아버지는 현관 앞에서 군화 끈을 매시는 것 같아 보였다. 나지막이 작은 목소리가 들려왔다.

"하…. 힘들구나."

때로는 너무 가까운 사이가 오히려 독이 되는 경우도
있다.

누군가를 처음 대면하고 알아갈 때의 그 마음. 그 마음을 한결같이 유지하기란 여간 어려운 일이 아니다. 처음부터 속마음을 양말짝 뒤집듯이 까 보일 수는 없기에, 최대한 정중하게 약간의 거리를 두고 지내간다. 시간이 흐르고 만남의 횟수가 더해갈수록 편안함을 느끼게 되고, 편안함이 깊어질수록 서로에게 점점 마음을 열어가기 마련이다. 그렇게 낯설기만 했던 누군가가 아주 소중한 사람으로 발전한다.

지난 시간들을 망각하기란 이불 속에서 과자 먹는 것보다 쉽다. 내가 일 년 전 이맘때 무얼 하고 있었는지, 심지어 일주일 전에 만난 친구와 무엇을 먹었는지조차 기억이 잘 나지 않는다. 하물며 이렇게 몸으로 겪은 일들조차 기억해내기 어려운데, 묵은 감정들까지 생생하게 기억해내는 건 당연히 어렵다.

온라인을 통해 우연히 한 사람을 알게 되었다. 그 사람은 정말 이상하게도 나에게 호감을 표했다. 매일 연락을 해 안부를 묻고, 메시지로 이야기를 주고받다가 뜬금없이 식사는 했냐고 묻기도 한다. 밥때를 정해두지 않고 배가 고플 때 챙겨 먹는 편이기도 하지만, 공교롭게도 식전이라고 대답할 때가 많았다. 그럴 때마다 그는 메신저로 기프티콘을 보냈다.

물론 처음 받을 때는 고맙게 느껴졌는데, 몇 번 반복되다 보니 부담스러워지기 시작했다. 그렇다고 나도 매번 기프티콘으로 응답을 하는 것도 모양새가 이상

해서 그럴 수도 없었다. 그런 식으로 호의를 받는 경험도 처음인지라 어떻게 대처해야 할지 난감했다. 나중에 만나게 되면 맛있는 식사를 대접해야겠다고만 생각했다.

얼마 후 그를 오프라인에서 만나게 되었다. 카페에 자리 잡고 앉아 대화를 나누면서 은근슬쩍 그의 말투와 행동 하나하나 살펴보게 됐다. 혹시나 부담스러울 정도로 베풀던 호의에 다른 뜻이 있어서는 아닐까? 그런 걱정이 은근히 들었던 것도 사실이었다. 하지만 다행히 아닌 듯싶었다. 기프티콘 자꾸 보내시면 제가 너무 부담스럽잖아요, 라고 농담조로 항의하자, 그가 말했다.

"앞으로 잘 지내고 싶어서 그런 거예요."

짧은 첫 만남을 뒤로하고 그와 헤어졌다. 그와는 자주는 아니어도 가끔씩은 만나는 사이가 되었다. 그렇게 일 년 정도가 흘렀을까. 그와는 만남이 거듭될수록 조금씩 실망하게 되었다. 어떤 이유에서건 습관처럼 욕을 하는 사람을 안 좋아하는데, 그는 추임새를 넣듯이 무슨 말을 할 때마다 아무렇지도 않게 욕을 섞곤 한다. 주변에 사람들이 많던 적던 개의치 않았다.

　그와 함께 있을 때면 민망할 정도로 얼굴이 화끈거렸다. 그렇다고 그 욕의 대상이 내가 되는 경우는 없었기 때문에 그 이유로 그와 멀어지진 않았다. 하지만 시간이 더해갈수록 그와의 자리가 불편해졌다. 그리고 어느샌가 말투부터 나를 대하는 태도까지 그는 예전과는 확연히 달라져 있었다.

　"당신의 변해가는 모습으로 인해 나는 당신과 더 이상 잘 지낼 수는 없소!"

사극을 찍는 것도 아니고, 이렇게 직설적으로 말하고 자리를 박차고 나갈 수도 없는 노릇. 어느 정도 거리를 두고 지내는 편이 낫겠다고 생각했다.

어떠한 이유가 있더라도 관계를 지켜나가기 위해선 늘 정성과 노력이 뒷받침되어야 한다. 사람 마음이란 참 이기적일 수밖에 없다. 결국 내가 좋아하는 사람 또는 편안한 사람들만 찾게 되기 때문이다. 그러니 아무리 허물없는 사이라고 해도 실수를 만들어서는 안 된다. 물론 사소한 실수 한번쯤 눈감아줄 수도 있다. 그러나 두 번 세 번 반복하게 되면 사람의 마음은 점점 지쳐가고 점차 회복하기 힘든 상처를 받게 된다. 남들에게 털어놓지 않는 이상, 상처는 오직 받는 사람만이 알 수 있다.

가끔은 조금 미지근한 관계가 편하다고 생각된다.
차갑지는 않고 그렇다고 너무 뜨겁지도 않은
딱 알맞은 온도로 유지하며 지켜나가는 관계.

빨간 3000번 버스의 추억

내 나름의 추억이 있는 공간이 다른 사람에게도 특별한 공간일 수 있다.

내겐 빨간 3000번 버스가 그렇다.

한 번씩 서울에 갈 때면 하루의 반나절을 이 버스 안에서 보내야 했다. 집을 벗어나 밟는 땅들은 언제나 설렜다. 그 지루하고 갑갑한 버스에서 보내는 시간 때문에 도심으로 외출하는 것이 가끔 꺼려지긴 했지만 말이다.

그런데 공교롭게도 일과 관련돼서 서울을 자주 오가야 하는 상황에 처하게 되었다. 대부분의 목적지는 합정역이나 홍대입구역. 두 시간이 넘도록 버스를 타곤 했는데 긴 시간 의자에 앉아 있으면 멀쩡했던 엉덩이도 점점 아파오기 마련. 옆자리에 덩치 큰 사람이라도 앉게 되면 어깨마저 움츠려야 하니 온몸이 저려오는 상황. 빨리 이곳을 탈출하고 싶은 마음이 들 수밖에 없는 갑갑한 환경. 그래서인지 버스 경유지 중 서울 초입인 송정역만 지나도 목적지에 다 도착한 것처럼 행복해지곤 했다.

몇 달간 버스에 몸을 싣는 시간이 일상이 되어버렸다. 아침이면 버스에 갇혀 지내야 한다는 생각에 노이로제에 걸릴 것처럼 적응하기 힘든 시간들이 있었지만, 하루 이틀 지나다 보니 나름 그 시간을 때우기 위해 할 거리를 고민하게 됐다. 이 길고도 많은 시간 동안 뭘 하면 좋을까?

해답을 찾는 데 그리 긴 시간이 필요하진 않았다. 주말 아침 침대에 누워 여유로운 시간을 보낼 때 유용했던 것들. '그래 이왕 시간 때울 거 좋아하는 거나 보자!'

일단은 완결된 웹툰을 첫 화부터 봤다. 집중을 해서 그런지 시간이 그렇게 빨리 가지 않을 수 없었다. 그동안 보고 싶었던 드라마들까지 정주행했다. 대략 한두 편을 다 볼 때쯤이면 버스는 목적지에 다다랐다. 이렇게 뭔가 시간을 때울 수 있는 여러 즐길 거리와 함께하니 재미있게도 그 시간이 좋아서 출퇴근하는 버스가 기다려질 때도 있었다.

가끔 드라마와 웹툰이 질릴 때면 조용히 이어폰을 꽂아 노래를 들으며 창밖을 바라봤다. 어디서 본 건 있다고 영화 속 주인공이라도 된 듯 최대한 낭만적인 척을 하면서 말이다. 주로 슬픈 노래를 듣곤 했는데 유난히도 감수성이 예민했던 시절이라 그랬는지 낮과 밤 상관없이 몽글몽글한 감정이 솟아나곤 했다. 이때 느낀 감정을 하나하나 메모장에 기록해두곤 했는데 나중에 글을 쓸 때 큰 도움이 되기도 했다.

버스에서 만나는 사람들은 늘 다양하고 새로웠다. 그런데 얼마 전, 나의 추억이 된 공간에서 참 신선하면서도 낯선 광경을 목격했다. 그날은 무슨 이유에서인지 할머님들이 참 많았다.

내 좌석 바로 앞 좌우에 나란히 앉아 계신 할머님들이 눈에 들어 왔다. 방금 버스에서 만나 기껏해야 10분이나 지났을까. 왼쪽 할머니가 오른쪽 할머니에게 인사를 건넸다.

"어딜 그렇게 가세요?"

"아, 우리 손주가 이번에 전시회 발표를 한다고 해서 간다우."

"좋으시겠네요. 저도 아들내미 부부 음식 좀 갖다 주러 가는 길이에요."

할머님들에겐 별거 아닌 안부 인사처럼 보였지만 나한텐 특별하게 다가왔다. 솔직히 좀 놀랐다. 이렇게 허물없이 대화를 나누는 두 분의 모습이. 처음 보는 옆사람에게 인사를 건네고 말을 붙이기란 좀처럼 쉽지 않기 때문이다.

이분들의 모습을 보고 있자니 문득 드라마 〈응답하라 1988〉이 떠올랐다. 이 드라마에는 나도 모르게 미소 짓게 만드는 장면들이 많이 있었지만, 난 유독 쌍문동 골목길 사람들의 허물없는 사이가 참 인상적이었다. 대문 하나를 두고 긴밀하게 정을 나누는 모습들. 요즘 같은 시대에서는 이웃과 그렇게 정겹게 지내기는 상상하기 어려우니 말이다. 드라마를 보며 어머니께 이런 말도 했었다. "진짜 저런 골목친구랑 같이 뛰어놀면서 자라면 얼마나 재밌을까요?"

이날 난 할머님들의 허물없는 대화를 우연히 듣고 그분들의 유년 시절은 어땠을지 상상해봤다. 그리고 이 빨간 버스에 얽힌 두 분의 오늘 추억까지도.

너의 잔상이 떠오르는 날

마음이 적적한 날에 즐겨듣는 노래가 있다. 토이의 '내가 너의 곁에 잠시 살았다는 걸'.

　슬프게 다가오는 멜로디랑 노랫말이 새벽의 감수성을 건드리기에 충분한 노래다. 가사 속 이야기는 이런 식이다.

한때 사랑했던 남녀가 이별을 했다. 이별한 후로 어느 정도 시간이 흐른 날이었다. 평범한 일상을 보내던 중 술에 취해 문득 그 사람이 다시 떠올랐다. 잊은 줄 알았는데 잊은 게 아니었다. 다만 무뎌졌을 뿐. 이별을 하고 헤어진 연인에게 원망보단, 그 사람이 아프지 말고 잘 지냈으면 한다는 따뜻한 안부를 전한다. 너를 언젠가 다시 만나는 날이 있을 수 있기에, 초라한 행색을 가꾸며 길거리를 나가곤 한다는 남겨진 사람의 이야기.

내가 너의 곁에 잠시 살았다는 걸 잊지 않았으면 한다는 마음을 담아서.

이렇게 아름답고 서글픈 노랫말이 또 있을까. 가슴 아프게 사랑을 해본 경험이 있다면 또는 남겨진 사람의 입장이 되어본 적이 있다면 이 노래를 추천한다.

언제나 사랑 뒤에 남겨진 사람이 안고 가는 무게는 더없이 크다.

이미 그 사람은 내 곁을 떠나버렸는데, 내 마음은 아직도 그 곁을 맴도는 그런.

지난겨울 출간한 《너의 안부를 묻는 밤》이 너무나 감사하게도 많은 독자들이 사랑해주셔서 스페셜 에디션까지 내게 되면서 추가로 수록한 글 중에 그런 마음을 정리한 글이 있다. '마음의 장례'라는 글이다. 여기에 다시 옮겨본다.

문득 나에게 전한 너의 마음을 들었다. 이별을 겪은 사람은 더 성숙해지는 거라고 믿고 싶을 뿐이다. 네가 나에게 받은 상처가 많아 결국 너를 지치게 만들었다면 그 역시도 내가 짊어지고 가야 할 책임이다. 이젠 더 이상 내 곁에 머물기 힘들다던 너에게 내가 마지막으로 해줄 수 있는 배려는, 아직도 너를 너무나 사랑하기에 너의 행복을 위한다면 너의 손을 놓아주는 게 맞는 거 같다고 생각했다.

그러니 너무 잘 지내려고 하지 말아주세요. 못된 마음으로 전하자면 내가 지금 아픈 만큼 당신도 아팠으면 좋겠습니다. 제가 지금도 당신이 무얼 하고 있는지 생각하는 만큼 당신도 조금이나마 제 생각과 걱정을 해주셨으면 좋겠습니다.

준비도 안 된 채 사랑하는 사람을 한순간 잃는다는 건 내 전부를 잃는 거나 다름없기에, 난 누군가 나에게 물었을 때 당신이 내 삶의 이유였다고 서슴없이 말할 수 있었기에, 그렇게 네가 내 안에서 죽어버렸기에, 저는 오늘 내일 모레 글피 마음의 장례가 필요할 거 같습니다.

나도 언젠간 당신의 잔상이 지워지길 바라면서.

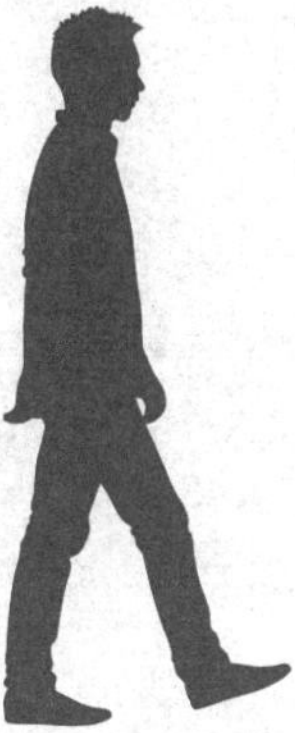

2. 거기 있어줘서 고마워

지금 이 순간에도 아낌없이 누군가를 사랑하고,

아낌없이 누군가를 그리워하며 살았으면 한다.

엄마의 빈 둥지 증후군

"엄마는 요새 뭔가 빈 둥지 증후군 같은 게 온 거 같아."

인터넷 심리학용어사전에서 설명하는 빈 둥지 증후군의 개요는 이렇다.

—빈 둥지 증후군은 자녀들이 독립을 하는 시기에 부모가 느끼는 슬픔을 의미한다. 이러한 빈 둥지 증후군은 주 양육자의 역할을 맡는 여성에게서 주로 나타난다. 중년기 여성이 경험하는 다양한 삶의 변화와 더불어 자녀의 독립이 중년기 여성의 정신 건강에 미치는 영향을 살펴보는 연구에서 주로 다루어진다.

출가를 하고 부모님이 계신 집은 두 달에 한 번 정도 간다. 그날도 오랜만에 가족들을 보러 갔다. 저녁을 먹고 어머니랑 이런저런 이야기를 나눴는데 어머니 입 밖에서 뜻밖에 빈 둥지 증후군이라는 말을 듣게된 것이다.

순간 내 귀를 의심했다. 무슨 증후군? 사실 처음 듣는 단어라 어머니가 말씀하신 단어의 정확한 뜻을 헤아려보려고 얼른 생각해봤더니 대충 짐작이 갔다.

"요새 많이 적적하셔서 그러시죠?"
"응. 요새 아빠도 야근이 좀 잦아지시고, 너도 서울에서 지내고 민호도 학원 끝나면 12시가 넘으니까⋯. 그래도 럭키가 있어서 참 다행이야."

럭키는 우리 가족이 키우는 반려견이다. 원래 나와 서울에서 같이 지냈는데 설날에 부모님께 보여드리려 데리고 갔다가 가족들과 정이 많이 들어서 이후 지금까지 부모님과 함께 지내고 있다.

어머니 말씀을 듣고 나는 생각에 잠겼다. 어머니가 평소 보내시는 보통날을 떠올려봤다.

초등학교에서 근무하시는 어머니는 6시쯤 퇴근하신다. 예전 같으면 동생도 어리고 아버지와 나도 저녁이면 집에 오니 지금보다 집 안이 북적거렸다. 하지만 요즘은 평소같이 집에 오셔도 늦은 시간까지 혼자 지내시는 경우가 많아지셨을 거라 짐작이 갔다.

어머니와 계속 대화를 이어갔다.

"퇴근하시고 혼자 계시지 말고 학교 선생님들이나 친구분들이랑 차라도 한잔하시고 들어오시지 그래요."

"아니야. 럭키가 집에 없었으면 엄마도 그렇게 했겠지만, 하루 종일 엄마만 기다렸을 텐데 눈에 밟혀서 어딜 들렀다 오겠니…. 럭키가 엄마한텐 복덩이야. 딱 그런 적적함을 느낄 타이밍에 우리 집에 왔으니까."

럭키를 끌어안으며 어머니가 말씀을 하셨다. 럭키도 자기한테 관심을 주는 게 반가운지 꼬리를 마구 흔드는데, 그 둘의 모습을 보면서 참 다행이다 싶으면서도 마음 한구석은 아려왔다.

"제가 더 자주 전화 드릴게요."

나는 그렇게 말하고 다시 일상으로 돌아왔다.
그리고 며칠이 지났다.
자려고 누우려던 찰나에 어머니의 전화를 받았다.

"아들! 뭐 하고 있어?"
"이제 막 자려고 했어요. 식사는 하셨죠?"
"당연하지. 엄마가 통화 목록을 보는데 마지막으로 통화한 지 20일이 넘었더라."

"20일이나요? 문자로는 계속 연락을 주고받아서 그런지, 그렇게 오래되었는지 몰랐어요."

어머니의 목소리에서 전에 없이 기운이 느껴졌다. 오랜만의 통화라서 그런지 다소 신나신 것 같았다. 아들에게 하고 싶은 말씀이 어찌나 많았는지 전화를 끊을 때까지 어머니는 쉴 새 없이 말씀하셨다.

통화를 마치고 지난번 집에 갔을 때 어머니랑 나눴던 대화가 아련히 떠올랐다. 그동안 그렇게 바쁘고 치열하게 살아왔던 것도 아니었는데, 전화 한 통이 뭐 그리 어렵다고 못 드렸을까.

내가 아직 부모가 되어보지 못해서 어머니의 마음을 다 헤아릴 순 없겠지만, 다 큰 자식이 자주 전화를 걸고 안부를 묻는 것만큼 기쁜 것은 없을 거 같다는 생각이 든다.

오늘은 잠자리에 들기 전 어머니의 목소리를 들어
야겠다.

순애

순애란 참 예쁜 말이다.

따라 죽을 순殉 사랑 애愛. 이 두 한자가 조합된 말로
사랑을 위하여 모든 것을 바친다는 뜻이다.

어느 영화나 드라마든 극적인 재미를 더하기 위해
항상 악역이 있기 마련이다. 해리 포터 시리즈에는 세
베루스 스네이프라는 악역이 등장한다. 이 인물은 시리
즈 초반에는 해리를 비롯해 어린 학생들에게 늘 엄격
하며, 등장만으로도 어린 학생들을 긴장 상태에 빠뜨

리는 교수로 그려진다. 심지어 시리즈 중후반부로 치달을수록 그의 악행은 더해져만 가고 후에는 덤블도어를 죽이고 마법세계의 최고 악당인 볼드모트를 섬기는 수하로 밝혀진다. 하지만 시리즈 마지막에 이르면 그가 줄곧 악역을 자처해온 이유를 이해할 수 있게 된다.

스네이프는 볼드모트한테 죽임을 당하며 해리에게 자신의 기억을 담은 펜시브를 들여다보라고 애원한다. 펜시브는 자신이 과거 살아왔던 일생을 보여주는 장치다. 해리는 그 펜시브를 통해 스네이프의 그간 삶을 엿볼 수 있었다. 스네이프는 어릴 적 해리 모친 릴리 에반스와 친구가 되고 그녀를 사랑하게 되었지만, 결국 릴리 에반스는 제임스 포터와 혼인을 하여 해리 포터를 낳았다. 시간이 흘러도 스네이프는 변함없이 그녀를 사랑했다. 볼드모트가 해리 부모를 살해한 날, 스네이프는 차가운 시신으로 누워 있는 그녀의 모습을 보고 오열한다. 슬픔에서 헤어 나오지 못하는 스네이프에게 덤블도어는 이렇게 말을 건넨다.

"아직도 그녀를 사랑하는가?"
"영원히요."
"그녀에겐 아들이 한 명 있단다. 릴리의 눈을 꼭 닮았지."

그는 볼드모트로부터 해리 포터를 지키겠노라 다짐한 후 덤블도어에게 간절히 청을 한다.

"제 임무를 세상 사람들이 아무도 몰랐으면 해요."

아들의 죽음만은 원치 않으리라는 릴리의 마음을 헤아려서일까. 그는 자신의 임무를 들키지 않으려고 스스로 악역을 자처하면서까지 그녀의 아이를 지켜내려한다. 비록 사랑의 대상은 돌아올 수 없는 곳으로 떠났지만 그에게 사랑은 여전히 현재진행형이었던 것이다. 멀리서나마 아련하게 릴리를 지켜보며 자신의 사랑을 증명했던 스네이프. 그는 사랑하는 여자를 위해 일생 동안 순애보적인 삶을 살았던 것이다.

그렇게 한동안 영화 속 인물의 삶의 대해 깊이 생각하며 살았다.

최근 들어 자신의 연애 스토리를 빼곡히 적어 내게 메일로 보내는 사람들이 여럿 생겼다. 사실 난 연애 상담 메일을 받을 때면 여전히 당황스럽다. 내가 그들의 사랑을 가까이서 지켜본 사람도 아닐뿐더러 감히 두 사람의 사연을 내 기준으로 정리해서 조언해줄 깜냥도 없기 때문이다. 하지만 그렇게 읽게 된 연애 스토리에 공통점이 있었다. 어느 한쪽의 사랑이 점점 식어가며 문

제가 발생하게 되고 이별이라는 결과를 초래하게 됐다
는 점이다. 언제나 아파하는 건 더 많이 좋아하는 사람
이다. 나도 그와 비슷한 상황들을 겪어봐서 그 마음을
충분히 짐작할 수 있다. 누구나 그렇듯 사랑에 빠져 있
을 때 연인에게서 받는 고통은 이루 말로 표현할 수 없
을 것이다.

한 사람이 다른 한 사람을 만나 뜨겁게 사랑을 나눈
다. 그 뜨거움은 시간을 이기지 못하고 점점 식어가다
가 냉혹한 이별을 맞게 된다. 때론 암담하게 이별을 받
아들이기도 한다. 그렇게 시간이 지나고 이별의 아픔
이 무뎌질 즈음 다시금 누군가를 사랑하게 된다.

사람 사는 이야기는 다 똑같다. 사랑과 이별도 마찬가지. 누구나 가슴 떨리며 처음 손을 맞잡고, 난 이제 너 없으면 안 된다는 말을 연신 내뱉는다. 결국 그 말을 책임지지 못하는 날이 다가오고 여러 가지 복잡한 상황들이 반복된다. 모든 사람들이 사랑하는 이야기다.

모두 다 부모의 눈에는 가장 특별하고 귀한 자식들. 이렇게 귀하고 특별한 사람들이 평범하게 사랑을 하고 평범하게 이별을 맞이한다.

연애 상담을 요청하는 메일은 대부분 상처받은 쪽에서 온다. 종종 권태기 빠졌거나 상대에게 지친 이들에게서 메일을 받는 경우도 있다. 조심스러워서 어지간하면 답장을 하지 않는 편이지만, 이러한 경우라면 꼭 들려주고 싶은 말이 있다.

"연인을 처음 만났을 때 그 시간들을 떠올려보셨으면 합니다. 그 당시에 연인은 나에게 얼마나 특별했던 사람이었는지요."

언제나 우리 곁엔 순애가 필요한 사랑들이 즐비하다.

쿠
키
영
상

쿠키 영상은 영화에서 엔딩크레디트 이후 나오는 서비스 영상이다.

　나는 영화관에서 늘 영화의 마지막 장면 이후에 자막이 올라가는 것까지 앉아 지켜보는 편이다. 그게 영화를 만든 사람들에 대한 예의라고 생각한다. 그리고 이 영화의 쿠키 영상이 있는지 없는지도 미리 확인하는 편이다. 쿠키 영상이 있다면 일단 환영! 왜 그렇게 쿠키 영상에 대해 집착을 하는지 의문이 들 수도 있겠지만, 사람들 대부분은 미처 못다 한 이야기를 좋아하지 않을까. 나도 그렇다. 영화를 볼 땐 대략 두 시간 남짓 안에 등장인물의 희로애락을 모두 엿볼 수 있다. 영화가 시작하면 점차 이 이야기에 빠져들게 된다. 내가 마치 등장인물이 된 듯 감정까지 이입해 해당 인물이 슬퍼할 땐 눈물을 흘리고, 때론 박장대소를 하기도 한다. 이렇게 예상치 못했던 뜻밖의 인물과 그가 처한 환경 속에 녹아드는데, 이게 영화를 보는 매력 포인트인 거 같다.

한시도 딴생각을 허용하지 않는 흥미만점의 영화나, 한없이 감수성을 자극해오는 감동적인 영화들, 즉 내 마음에 쏙 든 영화가 끝날 때면 아쉽기 마련이다. 이 시간이 끝나면 그들의 삶과 나의 삶이 분리되어 더 이상 그들의 삶을 엿볼 수 없기 때문이랄까? 그래서 그런지 영화 뒤에 나오는 쿠키 영상은 언제나 이 아쉬움을 조금이나마 달래준다.

영화뿐만 아니라 드라마도 그렇다. 난 영화보다 드라마가 끝날 때 더 슬프다. 드라마 회차를 알리는 숫자가 영상 초입에 나올 때면 크게 신경 쓰지 않고 본다. 그런데 항상 마지막 방영분에는 숫자가 아닌 꼭 마지막 화로 표시되어 나온다. 이날은 보통 아무렇지 않게 넘겼던 회차를 알리는 표시가 신경 쓰일 수밖에 없다. 주인공의 해피엔딩 또는 속 시원한 사이다 같은 장면을 기다리며 설레기도 하지만, 이제 그들의 이야기를 더 이상 접할 수 없다는 생각이 들 때면 공연히 울적하기까지 하다. 항상 그랬다. 즐겨보던 드라마가 끝나고 나면 허전해진다. 오랜 시간 알고 지냈던 사람이 갑자기 내 곁에서 사라져버리는 느낌이라고나 할까?

드라마와 영화를 볼 때도 이러한데, 사람을 떠나보내는 일은 오죽할까.

그 사람이 나에게 소중한 가족이었든 사랑했던 연인이었든 가장 친한 친구였든 간에 언제나 마지막이란 단어의 문턱을 넘는 일은 슬프지 않을 수가 없다.

지금
당신
곁에
있는
사람

지금 곁에 있는 벗들이 소중하게 느껴지는 날이 있다.

　어릴 적 나는 아버지가 군인이셔서 이사를 자주했다.
　당시 어린 내가 느끼기에도 이사에 따르는 어려움은
한두 가지가 아니었다.

무엇보다 새로운 환경에 다시 적응을 하고 그곳에서 마음 맞는 친구들을 다시 사귀는 일은 좀처럼 쉽지가 않았다. 지금 생각해보면 처음 보는 풍경과 사람들, 심지어 나를 감싸고 있는 공기마저 참 낯설게 느껴졌던 거 같다.

초등학교 5학년 때였다. 나는 유년 시절을 백령도에서 보냈는데, 지금도 행복한 기억으로 남아 있다. 백령도는 서해 최북단으로 등곳길에 북한 땅이 보일 정도였다. 날씨가 좋으면 망원경으로 경운기를 몰고 있는 북한의 농부도 볼 수 있었다.

내가 다닌 초등학교는 각 학년에 한 반밖에 없을 정도로 규모가 턱없이 작았다. 덕분에 모든 친구들과 친하게 지낼 수 있었고 우리는 늘 산으로 바다로 뛰어다녔다. 그렇게 4년 정도의 시간이 흘러 다시 이사를 가게 되었다. 나는 그동안 함께했던 친구들과 헤어지는 게 서글퍼 울음마저 터져 나왔다. 친구들 앞에서 전학을 간다고 말했을 때 그렁그렁한 눈으로 나를 바라보고 있는 친구들을 보자니 나도 모르게 눈물을 터뜨리고 말았던 것이다. 지금 생각하면 좀 우습기도 하지만, 이별에 익숙하지 않았던 당시로선 전학이란 게 머나먼 타국으로 이민이라도 가는 것처럼 막막하기만 했고, 전쟁 통에 가족들과 생이별을 하는 것처럼 서럽기도 했다. 너희들 덕분에 정말 즐거웠고 행복했어. 고맙고 많이 그리울 거야…. 겨우 이 말을 눈물 콧물로 범벅이 된 채 했던 것이다. 그야말로 오열이었다.

백령도를 떠난 후에로 이사를 몇 번 다니긴 했지만, 그때만큼 정든 친구들을 멀리 떠나온 일은 없었다. 물론 정든 친구들을 떠나보내는 일도 없었다. 새로운 환경에도 그럭저럭 익숙해지긴 했지만, 마음속에 늘 백령도에 대한 그리움을 품고 살아갔다.

시간이 적지 않게 흐르고 백령도에서 함께 뛰어놀던 코흘리개 친구들도 하나둘씩 도시로 나왔다. 스무 살 무렵 그때의 친구들과 우연히 연락이 닿아서 오랜만에 다시 만나게 되었다. 콧물이 흐르던 자리에 콧수염이 거뭇거뭇 보였고 키도 훌쩍 커서 제법 어른 티가 나기도 했다. 그 모습이 낯설긴 했지만 몇 마디 오가고 나니 어색함은 온데간데없었다. 그 후 지금까지도 그 친구들과 종종 만나 '그때 그 시절'을 이야기하며 우정을 이어가고 있으니, 내 인생에서 백령도는 더없이 소중한 공간이다.

나에게 백령도는 언제나 그립고 아득하며 손을 뻗으면 닿을 것 같은, 멀지만 늘 가깝게 여겨지는 곳이다. 내가 힘들고 지칠 때 기댈 수 있는 마음의 안식처이기도 하다.

가끔 TV를 볼 때면 어르신들이 기억을 더듬어 살아오셨던 이야기들을 풀어놓으며 먼 곳을 바라보곤 하신다.

나도 이제야 비로소 그 의미를 조금은 알 것 같다.

같은 강물에 두 번 발을 담글 수 없다는 어느 철학자의 말처럼, 지나간 것들은 다시 오지 못하므로 기억으로만 남는다. 그 기억이 한때 가슴 아리게 사랑했던 사람과 보냈던 시간이었든, 그리운 벗들과의 추억이었든, 우리 가슴속 저 한쪽에 자리 잡고 있기 마련이다.

기억 속 저편의 지난날들을 추억하며 가끔 감수성
이 풍부해지는 날들.

썩 나쁘지만은 않다.

내가 잠시 곁에 머물렀던 사람들에 대한 아쉬움이
커질수록 지금 곁에 있는 벗들이 더 소중하게 느껴지
더라.

장난도 타이밍

장난을 그만두는 것도 타이밍이 중요하다.

그녀는 참 승부욕이 넘친다. 하지만 승부욕만 넘칠 뿐. 볼링을 칠 때면 실력이 언제나 나에게 못 미친다. 그녀가 처음 볼링을 칠 때만 해도 나오는 점수는 30점 정도에 지나지 않았다. 그것도 생각보단 잘 나온 점수다. 하지만 요즘은 요령이 붙었는지 실력이 제법 늘어 이따금씩 스트라이크와 스페어 처리도 하곤 한다. 그렇다곤 해도 아직은 한 번도 나를 이겨본 적이 없다.

볼링을 칠 때면 늘 패배의 쓴맛을 보는 그녀지만 포켓볼만큼은 기가 막히게 잘 친다. 그녀와 처음 포켓볼을 쳤을 때였다. 포켓볼마저 내가 이기면 어떻게 하느냐며 그녀를 약 올렸지만, 나는 보기 좋게 다섯 게임을 모두 패했다. 말 그대로 완패였다. 물론 지금이라고 해서 상황이 달라진 건 없다. 포켓볼에서만큼은 난 여전히 하수다. 볼링을 칠 땐 고수의 아량으로 그녀를 다독이며 응원해주지만 반대로 포켓볼을 칠 땐 예외 없이 그녀에게 다독임을 받는 입장이 되고 만다. 입장이 완전히 뒤바뀌는 것이다.

포켓볼을 칠 때면 그녀는 엄청나게 집중력을 발휘한다. 이제부터는 심리전이다. 나는 장난기가 발동해 재빠르게 그녀의 뒤로 발걸음을 옮겨 정확히 그녀의 팔이 움직이는 타이밍에 큐대의 뒷꼭지를 잡는다. 그런 유치한 장난이 두어 번 반복되면 그녀의 얼굴은 금세 빨갛게 달아오른다. 처음엔 웃으며 장난치지 말라던 그녀도 점차 열이 받는 것이다.

장난을 그만두는 것도 타이밍이 중요하다. 그때는 진심인 듯 사과하며 당구장에서 서비스로 준 요구르트 건네며 배시시 웃는다. 마치 대인배인 양 '너의 짜증을 이해하마.'라는 표정으로. 하지만 그녀의 집중은 이미 흐트러진 상태다. 그러면 그 게임은 내가 이긴다. 하수에게 패배한 그녀는 얼굴은 한층 더 붉게 달아오른다.

나를 쏘아보고 씩씩대는 그 모습이 너무 귀엽다.

이 표정을 보고 싶을 때면 가끔 이런 장난을 치곤 한다.

내가 생각해도 이건 좀 유치하다 싶지만 어쩌겠는가, 골이 난 모습마저 사랑스러운걸.

아무런 대가를 바라지 않고 만나는 사람들이 있을까?

학창 시절에 만난 친구들은 대개 아무런 대가를 바라지 않고 만나는 사람들이다.

　개인의 의지와 선택에 의해 모인 사람들이 아닌, 그냥 어쩌다 한데 모인 공간에서 마음 맞는 사람들끼리 어울려 지내는 관계.

보통 학창 시절 친구들은 가족들과 함께하는 시간에 비해 압도적으로 많은 시간을 함께한다. 사이가 좋든 나쁘든 같은 공간에서 적어도 일 년을 함께 하는 사이다. 학교라는 제한된 공간에서 학업이라는 공통의 과제를 안고 하루 반나절 이상을 함께하다 보니 자연스럽게 정이 붙는다.

고등학교 시절 선생님은 늘 말씀하셨다.

"애들아, 고등학교 친구들이 평생 간다. 사회에서 만나는 사람들은 이해타산에 얽매인 관계가 대부분이야. 나이가 하나둘 들어갈수록 지금 옆에 있는 친구들을 더 찾게 될 거야."

수업시간에 몰래 과자를 먹으며 시시덕거리던 친구들이 왠지 더 정감이 가는 것은 이해관계에 얽매이지 않기 때문일 것이다.

반면 사회에서 만난 친구는 내 스스로 선택할 수 있다. 학창 시절에 비해 성숙해졌으며 같은 취미나 관심사 등으로 대부분 마음이 잘 통하는 사람들로 구성된다. 솔직히 말하자면 난 사회에서 만난 친구들도 어릴 적 친구 못지않게 좋다. 아마 관심사가 같으니 공감의 크기가 커서인지 모르겠다. 이 사람들과 같이 있을 때면 몇십 년을 알고 지낸 고향 친구에게서 느낄 수 있는 편안함마저 든다.

물론 사회에서 만났던 사람들이 다 좋았던 건 아니었다. 한때는 누군가 느닷없이 가까이 다가올 때면 '이 사람이 나한테 무언가 바라고 접근하는 건 아닐까?'라는 의심마저 들었다. 아니, 어쩌면 나도 누군가에게 다가갈 때 계산적으로 다가간 기억이 있기 때문에 색안경을 끼고 본 걸 수도 있다.

한 살, 두 살…. 나이가 들어가면서 자신의 삶을 꾸려나가기에도 바쁜 세상이다. 그 바쁜 와중에 또 새로운 사람을 사귀고 알아가는 과정을 밟아야 한다는 게 지겹고 귀찮게 느껴질 때가 있다. 그래서 나이가 들어가면 들어갈수록 누군가와 깊게 사귀는 게 어렵게 느껴진다.

공자님께서 마흔의 나이를 불혹不惑이라고 했다.

세상일에 정신을 빼앗겨 갈팡질팡하거나 판단을 흐리는 일이 없게 되었음을 뜻한다고 한다. 쉽게 말해 어떤 유혹에도 흔들리지 않는다는 말이다.

난 이 말이 참 멋스럽고 아름답다고 느껴진다. 희로 애락과 산전수전을 몸소 경험한 이들에게만 비로소 불혹이란 말이 어울리기 때문이다.

우린 불혹의 나이가 되기까지 여러 사람을 만나게 될 것이다. 그리고 그들과 더불어 또 다른 기쁨과 상 처들을 경험하게 된다. 그런 경험들이 거듭될수록 점 차 어른이 되어갈 것이다.

오늘도 궁금하다.
과연 지금 내 옆에 있는 사람들은 어떤 사람들일까?
불혹의 나이를 지나서면 관계가 더 두터워질까.
아니면 서서히 멀어지게 될까.

인간관계에 있어 부탁을 '잘' 거절하는 것만큼 중요한
건 없다.

저녁 8시쯤 되었을까? 핸드폰에 낯선 번호가 떴다. 마침 식사 자리 중이라는 핑계로 전화를 받지 않았다. 사실 낯선 번호로 걸려오는 전화는 잘 받지 않는 편이다. 또 이런 전화를 받지 않고 나면 대개 문자 메시지가 오기 마련. 이후 문자 메시지까지 보내는 경우라면 정말 급한 연락이거나, 전화를 건 이의 목적을 사전에 전하기 위해서다. 여러 가지 사정을 파악할 수 있기에 종종 쓰는 방법이다. 일부러 매번 그럴 이유는 없지만. 아무튼 이렇게 일부러 낯선 이의 전화를 한 번 걸렀다.

얼마 지나지 않아 메시지가 왔다.

—작가님 안녕하세요. 방송국 작가 아무개입니다. 혹시 시간 괜찮으시면 짧게나마 전화 괜찮으실까요?

아! 지인에게 받았던 연락이 갑자기 머릿속을 스쳐 갔다. 그제야 상황 파악이 되었다. 식사 자리 중이라 지금은 곤란할 거 같고, 내일 오후쯤에 다시 연락주시면 감사하겠다고 정중하게 답장을 했다. 편안한 저녁 보내시라는 인사도 함께.

사실 며칠 전 지인으로부터 연락을 받았다. 다름 아닌 공중파 방송국에서 촬영 중인 다큐멘터리에 출연할 의사가 없느냐는 제안이었다. 지인도 다큐멘터리 카메라팀에 있는 학교 선배로부터 출연진 섭외에 대한 부탁을 받았다고 한다. 주변인들을 물색하던 차에 내가 생각났다고 했다. 부담 가질 필요 없이 가벼운 마음으로 촬영에 임해도 된다는 그의 말. 허나 그런 그의 말을 듣고도 전혀 가벼운 마음이 들지는 않았다. 한참을 고민하다가 알았다고 했다.

그렇게 뜻하지 않게 방송국 작가와 연락처를 교환했다.

다음날 같은 시간에 전화가 왔다. 어제 그 방송국 작가였다. 무슨 이야기를 할지 몰라 절로 긴장되는 마음을 가다듬고 차분한 목소리로 전화를 받았다.

"네. 여보세요."
"안녕하세요. 작가님!"

여자 작가분이셨다. 그녀와 몇 마디 이야기를 주고받았을 때쯤, 어느새 그녀는 다큐멘터리의 취지와 주제에 대해 내게 말하기 시작했다. 이번 다큐멘터리가 30대 중반을 대상으로 출연진을 섭외하고 있다는 것이었다. 어떻게 거절해야 할지 망설이고 있던 찰나에 그 말은 한 줄기 빛과 같았다.

"저는 아직 그 나이가 아니라서 출연이 어려울 것 같아요."

그 뒤로 그분의 입에선 낯간지러운 말들이 끊임없이 이어졌다. 일면식도 없는 나에게 과한 칭찬 공세를 퍼부었다. 인물도 되게 좋다는 둥 목소리도 근사하다는 둥 면전에서 들었으면 더욱 민망했을 말들을 그녀는 쉬지 않고 내뱉었다. 또 자기도 나와 사는 지역이 같다면서, 언제 기회가 되면 같이 술 한잔하자고도 했다.

그런데 그 말들이 단순한 인사치레나 아첨으로 들리지 않았다. 외려 그녀의 말들이 내게는 신선하게 느껴졌다. 그녀의 말들은 촬영을 함께하지 못하는 상황에 대한 아쉬움과 다음을 기약하는 기대감으로 꽉꽉 채워져 있었다.

나는 종종 주변 친구들에게 거절을 잘하는 것도 예의라고 말하곤 한다. 하지만 남에게는 그런 훈계를 한주제에 정작 내게 그런 상황이 닥칠 때면 늘 곤혹스럽다. 상대방에게 거절의 의사를 밝히기란 결코 쉬운 일이 아니기 때문이다. 나의 거절로 인해 상대방의 기분이 상하면 어쩌지, 라는 생각을 비롯해 여러 불편한 감정들이 몰려온다. 때로 그런 거절의 말이 감정을 배제한 차가운 언어로 들리기 십상이니 말이다.

하지만 잠깐의 그 불편한 감정을 극복하게 자신의진심을 전할 수 있다면, 들어주기 어려운 일을 거절한다는 마음의 부담은 사라지기 마련이다. 오히려 서로뒤탈이 생기지 않는 관계로 앞으로도 더 좋은 영향을미칠 수 있다.

진심 어린 미안함이 담긴 거절은 결코 배신하지 않는다. 그 과정을 어색해하거나 불편해할 필요는 없다.상대방도 내 입장을 이해하고 오히려 어려운 부탁을한 거 같다며, 내게 다시 미안함을 전하기 마련이다.

간혹 부탁을 거절을 했다는 이유만으로 멀어지는 상대가 있다면 전혀 아쉬워할 필요 없는 사람이다.

연애에 대한 이야기다.

그녀와 난 마블 영화를 유독 좋아한다, 둘 다 로맨스 영화를 썩 좋아하지 않는 편이라 함께 영화를 볼 때면 우리의 선택은 액션 영화로 자주 귀결된다. 마블 영화에는 다양한 슈퍼히어로들이 등장한다. 등장인물들이 뽐내는 능력은 정말 우리가 꿈꿨던 각양각색의 비범한 능력들이다. 흥분을 하면 괴물로 변한다든가, 천둥과 번개를 다룰 줄 안다든가, 몸이 개미만큼 작아지는 등 정말 다양한 능력들이 있다. 그중 닮고 싶은 히어로라 하면 최근에 본 스파이더맨을 꼽고 싶다.

높은 고층 건물들 사이에서 거미줄을 자유자재로 발사하면서 타잔처럼 도심의 숲을 활보할 수 있다니, 얼마나 짜릿할까?

스파이더맨은 〈스파이더맨 홈커밍〉으로 개봉하기 전에 〈캡틴 아메리카 시빌 워〉라는 영화 속에도 잠깐 등장했다. 철부지 학생 역할로 나오는 주인공의 이야기는 아주 짧은 순간이었지만 참 매력적이었다. 그 뒤로 스파이더맨이 단독 주인공으로 나오는 영화의 개봉 날짜를 손꼽아 기다렸다. 개봉 당일, 설레는 마음으로 그녀와 함께 영화를 관람했다. 오래 기다린 만큼 과연 만족할 만한 결과물이었다. 영화는 후반부에 다다를수록 후속작을 노골적으로 암시했다. 영화관을 나오며 그녀에게 어땠냐고 물었다.

재밌긴 했지만 생각보다 조금 지루한 감이 없지 않아 있었다고 그녀는 답했다. 나도 그녀의 의견에 동의했다. 영화관을 나오면서 휴대폰으로 '스파이더맨'에 대해 검

색했다. 이미 많은 사람들의 관심사는 후속작으로 쏠려 있었다. 영화 리뷰와 기사들을 찬찬히 읽어보았다. 몇 년 안팎으로 나올 것으로 보였다.

집으로 돌아와 잠자리에 누워 '잘 자'라는 안부 통화로 그날의 데이트는 마무리되었다.

간혹 그녀와 재미있게 본 영화가 시리즈물로 이어져 후속작 개봉을 암시할 때면 마음 깊숙한 곳에서 우러나오는 생각에 잠긴다, 왠지 모르게 서글프게 말이다.

다음 편도 너와 함께 웃으며 보길 기도한다.

그리움에 대하여

그립다. 순수했던 순수하게 사랑했던 지난 시절이.
아득한 추억으로 남아 그리워지는 대상이 있다는 건
언제나 가슴 아픈 일이다.

　살아가면서 우리는 사랑을 몇 번이나 할까? 아마
수없이 많겠지.

　누군가를 멀리서나마 아득하게 지켜보며 하는 사랑
을 포함해서 말이다.

지금의 연인을 사랑하면서도 다른 누군가를 그리워하는 감정 또한 있다는 이야기를 어느 한 기사에서 본적이 있다.

100퍼센트 공감하진 않지만, 어쩌면 그럴 수 있다고 생각한다.

두 사람만의 추억이 서린 공간을 다른 누군가로 다시 채우게 될 때, 문득 지난 시간들이 생각날 수밖에 없을 테니 말이다.

나이가 조금씩 들수록 그 사랑 또한 성숙해지지만, 학창 시절의 사랑은 순수하고 아름답기만 하다. 처음 손을 잡았을 때 그 두근거림과 설렘. 그때 그 짜릿한 감정은 순수했던 지난날의 나를 증명한다. 넉넉지 않은 주머니 사정에도 한 푼 두 푼 열심히 모아 비록 대단한 건 아닐지라도 상대에게 하나라도 더 선물하고 싶어 하는 마음까지. 그 마음이 그렇게 예쁠 수가 없다.

허나 안타깝게도 그런 감정과 설렘은 어른 행색을 갖춘 오늘의 나에겐 찾아보기 힘들다. 누군가를 사랑하고 그러한 사랑을 몇 번 겪으면 겪을수록 의도치 않게 변해가는 나를 보게 되는 경우도 있다. 언제부터 내가 이렇게까지 계산적이었던 사람이었던가? 스스로를 돌아본다.

여기서 말하는 계산은 물건을 사고 팔 때의 계산이 아니다. 바로 내 마음을 주는 정도를 계산하는 것이다.

영원한 사랑. 영원했다고 믿어왔던 사랑. 영원할 줄만 알았던 사랑. 허나 결과는 그렇지 않았던 사랑들.

또 그 과정 속에서 생겨버린 누군가를 덜컥 믿을 수 없는 마음의 결핍들.

믿어왔던 사람에게 상처받고 그 끝이 헤어짐이라는 걸 반복하다 보면, 나도 모르게 내 마음이 다칠까 봐 쉽게 마음을 온전히 열지 못할 때가 많다. 그래서 오늘의 우리는 그러한 아픔에 대한 걱정 없이 누군가를 사랑하기 어렵게 됐다.

가끔 생각난다.

기억하기 싫은 스쳐 지나간 사랑이 아닌

언제 떠올려도 멋쩍은 미소를 지을 수 있는

추억으로 자리 잡은 사랑이….

그 시절 그때로 돌아간다면

사랑에 덴 기억들이

조금은 덜할 테니.

미래를 생각하면 그저 막연하지만

우리는 꼭 결혼할 사이라며

영원을 약속했던,

순수하게 사랑했던

나의 지난 시절들이 그립다.

이미 편안한 사람

꼭 이성이 아니더라도 만나기 전엔 부담감이 어느 정도 있었지만, 어느새 이미 편안한 사이가 되는 사람이 있다.

　지인의 지인을 소개 받는 경우가 있다. 이 자리는 어떻게 보면 불편하고 어떻게 보면 내가 이렇게 편해도 되나 싶을 정도일 때가 있다. 만나는 사람마다 성향이 다 다르고 내 마음도 정말 극과 극이다.

늦은 밤 반가운 친구의 전화 한 통이 울렸다.

"어, 웬일이야?"
"민석아! 뭐 하냐?"

약간 혀 꼬부라진 친구의 첫 마디를 듣자, 이 녀석이
건하게 취한 상태라는 걸 확신했다.

"밖에서 약속 자리 있다가 지금 막 들어왔어. 근데 시간이 이렇게 늦었는데 술 마시고 있냐? 주변이 왜 이리 시끄러워?"

"아! 나 지금 친구 가게에 놀러왔는데 괜찮은 친구가 있어서 다음에 너 소개해주고 싶어서 전화했지."

"아…. 그래?"

친구의 물음에 일단 알았다고만 대답했다. 한잔 걸친 친구의 말이라 당장은 귓등으로 흘려 넘겼다. 그런데 다음날 친구에게 다시 전화가 걸려 왔다.

"어제 내가 말했던 친구 기억하지? 너 시간 괜찮을 때가 언제야? 우리가 서울에 가든 네가 오든 한번 만나자."

사실 어제 통화하는 내내 평소와 다른 혀짤배기 말투라 자기가 뱉은 말을 기억 못 할 줄 알았는데. 녀석 나름의 취중진담이었나 보다.

"음…. 근데 내가 유난한 걸 수도 있는데, 난 뭔가 나이 먹고 새로 친구 사귀기가 쉽지 않더라고."
"야! 그런 걱정은 하지 마. 진짜 괜찮은 놈이라니까? 얘가 미국에 유학 갔다 왔는데."

친구의 말을 끊었다. 나는 낯가림이 심한 편이라 정말 가까운 사람이 아니면 좀 불편하다. 그렇다고 이른바 히키코모리라 불리는 은둔형 외톨이는 아니지만 아무튼 불편한 것은 사실이다.

"아 됐고, 뭐 만나기도 전에 그런 호구조사부터 하냐. 일단 요즘 당장 해야 할 일들이 좀 있어서, 시간 빌 때 바로 연락 줄게."

그리고 얼마 후 고향 집에 왔다. 그때 통화했던 친구와 다른 고향 친구를 만났다. 통화했던 친구 녀석이 집요하게 말을 꺼냈다. 일전에 말한 자신의 친구를 이 자리에 부르겠노라며, 그 친구가 얼마나 괜찮은 녀석인지 늘어놓기 시작했다. 나는 한사코 거절했다. 이성을 소개 받는 일도 아닌데 왜 그리 유난 떠느냐고 할 수도 있겠지만, 요즘 들어 나 살기도 바쁜 마당에 다른 누군가를 새롭게 만나는 게 솔직히 귀찮기도 했다. 사실 곁에 있는 사람들에게도 신경을 많이 못 쓰는 형편이라 더욱 그랬다. 그래서 '주변에 있는 사람한테나 잘하자.'라는 생각이 먼저 앞섰다. 친구에게 오늘은 너희들과 편하게 있고 싶다고 했다. 내 진심이었다. 친구는 못내 아쉬운지 연신 입맛을 다시며 알았다고 했다.

 아쉬운 짧은 만남을 뒤로 하고 서울로 향했다. 그리고 2주쯤 지난 어느 날이었다.

"민석아. 지금 바쁘냐?"

"아니 퇴근하고 헬스장 갔다가 방금 집에 왔어. 피곤하다."

"그럼 나 지금 서울 올라간다?"

"지금?"

"아! 그리고 지난번에 말한 친구 있지? 걔도 같이 갈 건데, 괜찮지?"

참 집요하기도 하다. 대체 어떤 친구이길래, 이토록 소개를 해주고 싶어 할까? 그래, 이렇게까지 하는데 까짓것 한번 만나봐도 나쁠 거 없겠지. 그런 마음에 알았다고 대답했다.

그렇게 친구의 지인을 만나게 되었다. 낯가리는 나란 인간의 눈에도 참 괜찮은 사람이다 싶었다. 그날 밤 처음 만난 이와 내가 이렇게 잘 맞을 줄은 상상도 못했다. 어느덧 처음 본 낯선 이가 아닌 '우리'가 되어 함께 어울리고 있었다. 그 자리에서 번호를 교환한 뒤 지금은 평소에도 안부를 묻는 사이로 발전했다.

돌이켜 생각해보면 참 별거 없었다. 만나기 전만 해도 부담감이 어느 정도 있었지만 어색한 그와의 첫 인사에, 한 잔 두 잔 주고받은 술잔에, 웃고 떠드는 시간에, 어느샌가 경계심을 풀고 내가 먼저 마음을 열었던 듯싶고, 이미 편안한 사람이 되어 있었다. 왜 그리도 마음을 안 열었는지 모르겠다. 우여곡절 끝에 그 친구를 만나고 나서 든 생각이다.

결국 너무 마음을 잴 필요는 없는 것이다. 결국 가까이 지낼 사람은 예상치 못한 상황에서도 만나기 마련이고, 한 사람을 알아가는 행복은 더없이 소중한 것이니까. 만약 나와 맞지 않는 부분이 많은 사람이라고 여겨진다면, 그래 그건 나중에 고민해도 늦지 않다. 일단 지금의 만남을 즐기자.

축하를 해주는 마음

누군가의 삶을 인정하고 축하해주며 격려해주는 것.
그게 그리 어려운 걸까.

오랜만에 연락이 닿은 친구들과 식사 자리가 있었다.
그간 지내온 이야기들을 나누며 유쾌한 수다들이
이어졌다. 한 친구는 사업을 시작했다고 했다. 게임
프로그래밍을 다루는 일인데 수입까지 좋다고 자랑했
다. 그간의 경험상 완벽하게 프로그래밍을 하기 위해
선 혼자 일을 하는 게 편하다고 했다. 그럼에도 최근
들어 일손이 모자라 직원까지 채용하려고 한단다. 중

고교 시절부터 게임을 그렇게 좋아하던 녀석인데, 이제야 재능이 빛을 보는 거 같아서 참 대견했다. 친구를 아끼는 마음에 나답지 않게 낯간지러운 말을 건넸다.

"일도 일이지만, 하루 종일 컴퓨터와 씨름하면 건강 상하니까 밖에 나가서 운동도 좀 하고!"

또 다른 친구는 학업을 중단하고 고깃집을 차렸다고 했다. 망해가는 식당을 인수해 시작했는데 지금은 저녁시간이면 꽤 북적이는 식당으로 자리 잡았다고 한다. 녀석의 말투에서 자부심이 느껴졌다. 그 친구에게도 진심으로 축하의 말을 건넸다.

남의 성공에 샘을 내거나 부러움을 느끼는 편은 아니다. 그래봤자 어차피 내 인생이 달라지지 않을뿐더러, 그런 감정 소모로 내 시간을 낭비하고 싶지 않기 때문이다. 그들의 성공에 배 아파하지 말고 넓은 마음으로 축하해주자, 라는 게 나름의 신조다.

마지막 한 친구는 경호원으로 활약 중이었다. 그런데 솔직히 이 친구만큼은 조금 부러웠다. 친구는 TV에서만 보던 가수들과 같이 찍은 사진을 함께 보내곤 했는데, 이 친구한테 연락을 받고 나면 왠지 내 일상이 단조롭고 지루하게 느껴질 때가 있다. 그날도 친구는 스타들을 경호했던 일화들을 쉴 새 없이 늘어놓았다.

우리는 연신 탄성을 쏟아내며 실물은 어떠냐는 등의 질문을 이어나갔다.

하지만 이 친구는 다른 친구들의 이야기는 잠자코 듣지 않았다. 다른 친구들 역시 오랜만에 만난 자리에서 친구들에게 인정받고 싶은 마음에 이런저런 얘기를 꺼냈을 텐데 사사건건 시비를 걸곤 했다. 허풍이 좀 섞였으면 어떤가. 그냥 좀 들어줘도 되는 것을. 친구는 번번이 다른 친구의 말을 끊었다. 오로지 자신이 하는 일이 가장 멋지고 근사하다는 태도를 노골적으로 드러내는 것까지는 좋았는데, 다른 친구의 성공을 인정하고 싶지 않은 마음까지 드러낸 것이다.

"야, 그 프로그래밍 돌리는 거, 그 게임이 인기 떨어지고 망해버리면 끝나는 거 아냐?"

"세상에 널린 게 고깃집인데 장기적으로 좀 더 획기적인 마케팅을 해봐, 현실에 만족하지 말고."

나 역시 친구들에게 그간 지내온 일들을 담담히 이야기했다. 책을 내고, 감사하게도 베스트셀러에까지 오른 일을. 지금의 내 모습을 보고 친구들이 축하의 인사를 건넸다. 하지만 이 친구는 가시 돋친 말을 내뱉었다.

"네가 처음에 글 쓰고 그럴 때부터 지켜봐왔는데, 넌 진짜 운이 좋은 거야. 시대를 잘 탔다고 해야 하나?"

친구 녀석의 말을 듣고 솔직히 기분이 상했다. 마침 취기도 오르던 터라 한마디 쏘아붙이려고 하다가, 그냥 술이나 따르라고 했다. 기분 좋은 그 자리를 망치고 싶지 않았다. 이 녀석이 하루 이틀 그러는 것도 아니니. 친구의 이런 말버릇은 고질적 문제였던 것이다. 이렇게 여러 사람이 모인 자리에서 한 사람을 꼬집는 말이 튀어나오면, 그 말을 듣는 당사자의 기분이 나쁜 것은 당연하고 주변인들까지도 편하지가 않다.

누구나 살아온 스토리가 있기 마련이다. 지금 보이는 모습과는 많이 다른, 자신만이 경험한 그 고충과 아픔들을 다른 사람이 오롯이 이해하기란 쉽지 않다. 나 역시 여러 우여곡절 끝에 지금의 내가 있다.

그럼에도 불구하고 자기만의 관점에서 타인의 현재와 그가 살아온 삶에 대해 아픈 말을 내뱉는 건, 자기가 편협한 사람인지 보여주는 것과 다를 바가 없다.

자신의 삶이 소중한 만큼 타인의 삶도 소중하다고 인정하는 자세가 중요하다. 타인의 인생을 자신의 인생과 비교하고 이런저런 말을 해봐야 화살은 자기에게 돌아온다. 자기만 잘났다고 하는 것도 자기만 못났다고 하는 것도. 결국 자기 자신만 상처받을 뿐이다.

나를 인정해주고 격려해주는 사람과 인정하지 않고 쿨한 척 매번 문제점을 지적하는 사람. 이 두 사람 중 누구와 함께하고 싶은지는 뻔하다. 결국 상대방을 인정하고 배려하는 사람이 언제나 모두가 찾게 되는 사람이 된다.

나
의
어
린
동
생

내겐 다섯 살 어린 남동생이 있다.

남들은 "형제가 다섯 살 터울이면 둘이 싸우지도 않았겠네요."라고 말하지만 내 대답은 한결같다. "아니요."

결코 그렇지 않았다. 동생이 중학교에 입학하기 전까지나와 동생은 매일 서로 으르렁거리는 사이였다. 얼마나티격태격했으면 아버지께서 서로에 대한 호칭까지 정해주셨다. 나는 동생을 '아우님', 동생은 나를 '형님'이라고 불러야 했다. 지금은 결국 동생만 나를 형님이라고 부르지만 말이다.

그렇다고 동생을 미워했느냐 하면 그건 아니다. 내 눈에는 동생이 한없이 작고 귀여워서 애정이 있었는데, 그 애정이 뭐랄까, 나도 서툴고 어렸던지라 괴롭힘이라는 형태로 나타났던 것이다.

하루는 이런 적이 있었다. 그날은 마침 야간자율학습이 없는 날이라 평소보다 일찍 집에 돌아왔다. 집에 도착해 시계를 보니 저녁 6시를 조금 넘긴 시각이었다. 그런데 학원을 마치고 집에 있어야 할 동생이 보

이지 않았다. 걱정이 됐다. 혹시나 싶어 아직 퇴근을
안 하신 부모님께 전화를 드려봤지만, 부모님은 전혀
모르는 눈치셨다.

갑자기 머릿속에 유괴, 납치 같은 무시무시한 단어
가 떠올랐다. 불안한 마음에 동생에게 계속 전화를 걸
고 메시지를 남겼지만 연락이 닿지 않았다. 그렇게 초
조한 마음으로 한 시간쯤 기다렸을까. 동생이 집에 들
어왔다. 땀을 뻘뻘 흘린 채로 말이다. 반가운 마음보
다 화가 버럭 났다.

"너! 어디서 뭐 하다 지금 들어오는 거야! 연락도
없고! 휴대폰은 장식이냐?"
"학원 끝나고 친구들과 학교에서 축구하고 왔어요."

아, 우리 또래에서는 흔하지 않은 모습이겠지만 동
생은 어릴 때부터 나에게 존댓말을 썼다. 별일 없다니
가슴을 쓸어내리면서도 멀쩡한 얼굴로 나타난 동생이
왜 그리 얄밉던지. 그날 동생을 단단히 혼냈다.

또 하루는 이런 일이 있었다.

동생과 서로 경쟁하며 했던 온라인 게임이 있었다. 난 용돈으로 문화상품권까지 사서 캐시 아이템을 꽤 모았다. 하지만 그렇게 열중했던 것도 한때일 뿐 금세 시들해지고 말았다. 동생은 여전히 그 게임에 흠뻑 빠져 있었지만 말이다. 그래서 나로서는 동생을 위해 나름 큰 결단을 내렸다. 동생의 게임 캐릭터에 비해 훨씬 좋은 아이템이 많았던 내 아이디를 동생에게 넘겨준 것이었다. 캐시 아이템은 팔지 말고 그냥 게임만 즐기라는 당부와 함께. 그런데 얼마 후 우연찮게 내 캐릭터를 확인해보니 캐시 아이템이 모두 없어져 있었다. 순간 해킹을 당했나 싶어 당황했지만 내 아이디를 아는 사람은 동생이 유일했다. 녀석을 불렀다.

"여기 있는 아이템들 다 어디 갔어?"

동생은 순간 당황하더니 말을 얼버무렸다.

"몰라요. 전 아이템 팔지 않았어요."

딱 봐도 거짓말인 게 티가 났다. 동생은 거짓말을 하거나 크게 당황하면 인중에 땀이 송골송골 맺힌다. 한숨이 나오면서도 왠지 귀여웠다. 녀석은 자기가 그런 티가 나는 줄도 모르고 있으니 말이다.

한참을 취조한 끝에 결국 동생으로부터 자백을 받았다. 캐시 아이템을 팔면 게임 머니를 주는데, 그 게임 머니가 많아지는 게 좋아서 그랬다고 했다. 애초에 들통 날 거짓말을 하는 것도 웃기지만, 형이 캐묻는다고 또 그걸 실토하는 내 귀여운 동생.

어린 시절 동생에 대한 기억을 되돌아보면 나보다 한없이 순진하고 여린 아이의 모습으로만 남아 있다.

이제 나이가 들수록 동생과 함께 부대끼는 시간이 많지 않다. 내가 부모님 곁에서 독립한 이후론 더더욱 말이다. 어머니께 듣기로는 동생이 학원 수업을 마치고 집에 돌아오는 시간이 자정이 넘는다고 한다. 녀석도 벌써 그럴 나이가 되었구나 싶었다. 동생은 나보다 훨씬 붙임성이 좋아서 반장을 도맡아한다. 재주도 많아서 악기도 잘 다룬다. 내가 기타 코드를 몇 개 알려준 게 전부인데 혼자 인터넷 영상을 찾아보며 독학으로 연습하여 지금은 수준급의 기타 실력을 자랑한다. 또 얼마 전에는 어머니가 건반 피아노를 사주셨는데, 피아노도 독학으로 익히더니 자신의 연주를 동영상으로 찍어 나에게 보내곤 한다. 물론 형에게는 여전히 살갑지 않아서 안부 따위는 묻지 않고 동영상만 덜렁 보내고 끝이지만 말이다.

그런 녀석으로부터 어느 날 갑작스레 전화가 왔다.

"형, 뭐해요?"

동생의 목소리를 들은 순간 굉장히 낯설었다. 동생이 먼저 전화한 적은 손가락으로 셀 수 있을 정도였다. 이제야 한 손이 다 펴진 정도랄까? 아무튼 낯설었지만 동생과 10분가량 통화했다. 중간고사 성적 이야기부터 가족과 함께 지내는 반려견 소식, 동생이 관심 갖고 있는 이성에 대한 이야기까지. 대화를 나누면서 녀석도 많이 컸다는 걸 느꼈다.

시간은 정직하다. 한 치의 오차도 없을뿐더러 누구에게나 동등하게 흘러간다. 그렇다. 나도 나이를 먹었고 내 옆에서 언제나 어릴 것 같던 동생도 나이를 먹었다. 너무나 당연한 사실을 새삼 깨달을 때면 문득 가슴이 시리다. 어느새 성숙한 동생이 대견하면서도 기억속에 여전히 생생한 그 개구쟁이 동생이 보고 싶기에.

이미 훌쩍 지나가버린 시간들이 때로는 못내 그립다.

이별은 언제나 갑작스레 찾아온다.

가장 잔인한 이별을 손꼽으라 하면 상대방에게 일방적
으로 헤어지자는 통보를 받은 이별일 것이다. 타인의
결정으로 인해 멈춰버린 사랑만큼 비참한 것은 없다.
나도 그런 경험을 했던 사람인지라, 남겨진 사람의 마
음은 익히 잘 알고 있다. 일단 순간 머릿속이 하얘진
다. '지금 내가 무슨 말을 들은 거지?'라며 자신의 눈
과 귀를 의심한다. 그 사실을 믿을 수 없어 현실마저
부정하게 된다. 물론 시간이 약이라는 말처럼 그 찢어

지게 아픈 마음은 서서히 무뎌진다는 걸 경험으로 알고 있지만, 이별의 아픔은 여러 번 겪는다고 해서 적응할 수 있는 게 아니다.

처음 사랑을 품고 인연으로 이어지는 순간까지의 과정은 복잡하고 어렵다. 하지만 이별은 그렇지 않다. 그렇게도 어려웠던 사랑의 시작의 비해 이별의 순간은 더없이 간결하다. 미련조차 무색해질 만큼 한쪽의 마음은 텅 비었기에.

관계는 서로를 향한 사랑이 어느 정도 비슷해야 지속될 수 있다. 한쪽의 마음이 이미 텅 비어버린 상태라면 되돌리기 힘들다.

먼저 마음이 식어버린 쪽은 이별의 순간에 전혀 몰랐던 남보다 차갑게 군다. 하지만 이별을 통보한 이에게도 함께했던 추억들의 여파는 언젠가 반드시 몰려오고야 만다. 자신의 선택을 후회하고 헤어진 상대와 함께했던 모든 것이 그리워졌을 땐 이미 시간은 훌쩍 지나 있다. 이렇게 결별을 통보한 쪽은 안타깝게도 뒤늦게 이별의 후유증을 겪는다. 왜 헤어질 땐 그 사람의 소중함을 깨닫지 못하고 감당할 수 없는 결과를 만드는 걸까.

한 사람을 죽을 만큼 사랑했다면 알 것이다. 그 사람을 잊는다는 건 사랑니의 통증과도 같아서 일상생활을 잘만 보내다가도 어느 순간 불규칙적으로 통증이 찾아온다. 그렇게 내 새벽을 흔들어놓고, 마음을 들쑤셔놓고 시간이 지나면 다시 잠잠해졌다가 또 불시에 아파지는 것.

사람은 사랑을 할수록 더 성숙해지고 성장한다고 한다. 그 사랑이 가족에 대한 사랑이든, 누군가에 대한 짝사랑이든, 연인과 주고받는 사랑이든 간에 말이다. 우리는 살아가면서 과연 몇 명의 인연을 만날 수 있을까? 아니, 좀 더 좁혀 말해서 몇 명의 사람과 연애를 할까? 처음 만난 사람과 운명적으로 사랑의 결실을 맺는 사람이 있는 반면에, 다양한 사람들을 만나고 겪은 후에야 마지막 사랑의 결실을 맺는 사람도 있을 것이다.

지금 이 순간에도 아낌없이 누군가를 사랑하고, 아낌없이 누군가를 그리워하며 살았으면 한다.

내게도 오랫동안 서로만 바라보며 함께한 사람이 있다. 문득 내가 사랑하는 여자를 볼 때면 언제나 변함없이 예쁘다고 생각한다. 처음 그때의 그 수줍은 마음과는 조금 다를지는 몰라도, 수줍음과는 다른 애틋함이 더해진 사랑이란 감정을 느끼곤 한다.

그녀를 사랑할 땐 늘 이별을 가슴속에 묻고 살아간다. 그러니 매 순간 곁에 있는 사람이 더 소중하고 애틋하더라.

절연의 필요성

누구에게나 친구는 절대적인 영향을 끼친다.

흔히 듣는 속담 중에 '친구 따라 강남 간다'라는 말이 있다. 속담대로라면 인생에 있어 어떤 친구를 만나느냐 하는 것만큼 중요한 것도 없다. 새로운 사람을 만날 때 짧은 시간에 느끼는 첫인상은 그 사람과의 관계에서 결정적인 요인으로 작용한다. 첫 대면을 할 때 이 사람이 나와 맞는 사람인지, 내게 좋은 영향을 미칠 사람인지, 앞으로 얼마나 자주 봐야 할 사람인지에 대해 직관적으로 판단을 내리게 하기 때문이다.

내가 나름대로 정의한 바로는 좋은 친구의 기준이란 언제 만나도 편안한 친구이다. 굳이 술자리가 아니더라도 쉼 없이 주절주절 떠들 수 있고, 아무 말도 하지 않고 같이 있는 것만으로도 불편함이 없는 그런 사람.

　반대로 언제 만나도 편안하지 않은 사람도 있다. 개인적으로는 그 관계를 유지해야 할 하등의 이유가 없음에도 둘 사이에 다른 친한 벗이 있어서 관계를 유지할 수밖에 없는 사람. 그래서 어쩔 수 없이 얼굴을 마주하게 되나 여러 가지 이유로 만남이 썩 내키지 않는 사람이 있을 수밖에 없다.

　모든 사람들과 잘 지내라는 법은 어디에도 없다. 그건 온전히 내 마음이고 내가 결정해야 할 문제이기 때문이다.

　이른 아침부터 전화가 울렸다.
　전화기 너머로 다급한 목소리가 전해졌다.

"야, 민석아 미안한데 10만 원만 빌려줄 수 있냐?"

눈도 제대로 뜨지 않고 받았던 터라 아침 댓바람부터 돈을 빌려달라는 이 무례한 사람이 누군지 가늠하기 어려웠다.

번호를 확인해보니 저장도 되어 있지 않은 번호였다.

"누구시죠?"

"아, 나 정현이야. 진짜 미안한데 돈 좀 보내줄 수 있을까? 내가 내일 바로 갚을게."

뻔히 읽히는 개수작이다. 내일 당장 갚을 돈이 있는데도 불구하고 굳이 왜 하루 전에 개인적으로 몇 번 만나본 적도 없는 사람에게 전화해서 돈을 빌려달라고 할까? 마음이 불편했다. 얼굴도 기억날 듯 말 듯 한 사람에게서 아침잠을 방해받았던 건 둘째 치고, 이 사람이 과연 무슨 생각으로 나에게 전화를 걸었던 것인가 의아했다.

기분이 상한 목소리를 감추지 못하고 말문을 열었다.

"우리가 마지막으로 연락한 적이 언제지?"
"글쎄다…."
"사정이 있는 건 알겠는데 미안해서 어쩌지. 정말 가깝게 지내는 사람들과도 돈을 주고받지는 않아서 말이야."

인간관계에 있어서 정말 냉정하게 처신하고자 노력한다.

최소한 상대방을 배려할 줄 알고 내가 이 사람에게 소중한 존재라고 확신이 드는 사람들과의 관계만으로도 내 인간관계는 충분하다고 생각한다. 고향 친구 몇몇은 언제나 거리낌 없이 속을 털어놓고 이야기할 수 있는 대상이다. 그들과 함께하면 언제나 즐거움이 뒤따른다. 또 사회에서 알게 된 친구들 중 가까이 지내는 이는 자신의 일을 사랑하고 몰두하는 사람들이다. 그들 옆에 있으면 배울 점이 많다. 어찌되었든 간에 나에게 늘 좋은 자극이 되는 사람들과 함께하려 한다.

이렇게 불필요하거나 소비적인 관계들을 정리한 결
과 내 곁에는 지금 열댓 명 조금 넘는 사람들이 남아
있다. 이 사람들은 내가 성공을 하든 실패를 하든 어
떤 상황에 놓이더라도 언제나 내 편이 되어주는 사람
들이다. 정작 필요할 땐 도움이 되지 않는 그런 수많
은 사람들보다, 이 열댓 명의 친구들이 훨씬 더 든든
하다. 그 든든함으로 따지자면 충분히 많은 숫자다.

일부러 많은 사람을 알아가려고 노력하지 않는다. 불
현듯 소주 한잔을 하고 싶을 때나 속마음을 나누고 싶
을 때, 전화 한 통만으로도 바로 나와줄 수 있는 사람들.
그 사람들과의 관계가 진짜라고 생각한다. 물론 나 역
시 그들에게 그런 사람이 되고자 노력하면서 말이다.

3. 아직 나의 계절이 오지 않았을 뿐

지금의 나 자신을 믿어보기로 한다.

하루하루 열심히 살아가다 보면

어느 순간, 내 삶에도 꽃이 피고 열매를 맺게 되겠지.

초등학교 입학하기 전부터 태권도를 배웠다.

발차기부터 품새, 겨루기까지 도장에서 배우는 대부분의 것들이 즐거웠지만, 딱 하나 정말 싫은 것이 있었다. 운동을 마치고 의례적으로 하는 의식이 있는데, 바로 무릎을 꿇고 손을 삼각형 모양으로 만들어 심호흡을 하는 동작이었다.

남들에게 굳이 말할 필요는 없지만, 사실 내 오른쪽 발바닥 정중앙에 점이 하나 있다.

"그게 뭐 어때서?"라고 대수롭지 않게 생각할 수 있겠지만 당시 어린 나에게는 숨기고 싶은 치부였다.

도장에서 심호흡 자세를 할 때면 난 항상 뒤통수가 뜨거웠다. 바로 뒤에 있는 사람, 혹은 뒤편 대각선에 있는 사람들. 그들은 내 발바닥에 난 점 따위에 전혀 관심 두지 않았겠지만 나는 엄청나게 신경 쓰였다.

'어떻게 하면 점이 안 보일까?' 늘 이런 걱정에 사로잡혔다. 삼각형 모양을 만들어야 해서 손으로는 가릴 수 없어, 매번 왼쪽 발로 오른쪽 발바닥을 포갠 자세로 심호흡을 하곤 했다.

'이렇게 하면 안 보이겠지?'

태권도장을 그만두고 나니 누군가에게 발바닥의 점을 보일 일이 줄어들었다. 아니 거의 그럴 일이 없었다.
그러다가 고등학교 체육 시간이었던가. 책상에 발을 올리고 양말을 신고 있었는데 한 친구가 내게 말했다.

"민석아, 넌 어떻게 발바닥 가운데에 점이 있냐?"

그 말을 듣고 흠칫 놀랐다. 친구에게 내 발바닥 점을 들킨 사실이 부끄러워서가 아니라, 내 오른쪽 발바닥에 점이 있었다는 사실에 놀란 것이다.
그동안 나조차도 까맣게 잊고 지냈던 것이다. 태권도

장을 다닐 땐 누군가에게 들킬까 봐 전전긍긍했었는데, 어느샌가 나이가 들고 시간이 지나면서 전혀 신경을 안 쓰게 된 것이었다.

나의 점을 보고 신기해하는 친구에게 나름 의연한 어투로 말했다.

"이거 신기하지? 어릴 적 엄마가 이 점을 보면서 농담처럼 하셨던 말씀이 있는데 나중에 나를 잃어버리게 되면 발바닥 점을 보고 찾아야지, 라고 말이야. 그래서 나한테 나름 특별한 거야. 이건 나만 갖고 있으니까."

"하긴 따라 하려고 해도 따라 할 수도 없겠다. 어떤 놈이 그걸 따라 하려고 발바닥 가운데에 점을 찍겠냐."

사실 한때는 감추고 싶었던 비밀이 특별함으로 자리 잡는 데는 시간이 필요한 것이 아니었다. 단지 생각의 차이였을 뿐이다. 고등학교 때까지 점을 의식해서 양말을 신으며 친구에게 발바닥 점을 들키지 않으려고 숨겼다면, 지금까지도 나에게 그 점은 치부로 남아 있었을지도 모를 테니 말이다.

누구나 감추고 싶은 것들이 있다.

가족과 친구들에게조차 털어놓지 못하고 오로지 자신만 알고 있는 무언가.

발바닥의 점은 더 이상 내게 감추고 싶은 비밀이 아니지만, 지금도 내게는 남들 앞에 드러내고 싶지 않은 비밀스런 것들이 몇 개 있다.

물론 어떤 계기로 인해 남들이 알게 된다면 별 수 없는 노릇. 하지만 굳이 먼저 밝히고 싶지 않은 비밀 때문에 내 일상생활에 지장을 준다거나, 그로 인해 마음 졸이는 일은 전혀 없다.

자꾸 신경을 곤두세우고 노심초사한다면 어차피 내게 돌아오는 건 악영향뿐일 테니까.

어릴 적 어머니와 같이 쓰레기를 버리러 가는 날이면 난 재빨리 종량제 봉투를 먼저 들곤 했다. 남겨진 음식물 쓰레기는 언제나 어머니가 들고 나오셨다. 어머니보다 빨리 나와 내 손에 쥐어진 쓰레기를 재빨리 버리곤, 멀찍하니 떨어져서 어머니가 음식물을 버리실 때까지 기다렸다.

음식물 수거함을 열 때면 늘 고약한 악취로 가득했다. 그 광경을 멀리서 보면 헛구역질마저 나왔다. 당시 어린 마음에 어머니께 물었다.

"엄마 음식물 쓰레기 버리는 거 안 더러우세요?"

"더럽긴 하지. 근데 우리 가족들 주려고 엄마가 만든 요리들이었잖아."

어머니의 말씀을 듣고도 여전히 의아했다. 요리해서 만든 음식은 음식이고 음식물 쓰레기는 쓰레기일 뿐인데, 그게 더럽다는 건지 더럽지 않다는 건지 이해가 안 갔다.

그렇게 나는 고등학생이 되기 전까지 음식물 쓰레기라면 질색했다.

12월 28일. 이날은 어머니 생신이었다. 그런데 어머니 생신날에 아버지는 부대 당직이 겹쳐서 아쉽게도 가족과 함께하지 못하게 되셨다. 어머니를 끔찍이도 사랑하시는 아버지. 그런 아버지에게 임무를 받았다. 바로 어머니에게 미역국과 더불어 생일상을 차려드리는 것.

요리라곤 해본 경험이 거의 없던지라, 인터넷에서 조리법을 찾아 하루 전날 재료들을 사다 놓았다. 처음 끓이는 미역국과 음식들이라 맛은 형편없었지만, 어머니는 좋아하셨다. 함박 미소를 짓는 어머니를 보니 왠지 모르게 뿌듯함이 몰려왔다. 하지만 몇 분 뒤 나에게 닥칠 거사를 잊고 있었다. 바로 요리의 잔해를 처리해야 한다는 사실.

그런데 이게 웬일인가! 음식물 쓰레기라면 질색하던 내가, 아무렇지 않게 고무장갑을 끼고 음식물을 마구 쓸어 담고 싱크대마저 깨끗이 닦아놓았다.

뒤처리까지 깔끔하게 해놓아야 완벽한 생일 상차림이라는 생각이 들어서였을까, 어쨌든 남은 음식물이 더럽다고 생각하지 않았기에 음식물을 처리하면서 요리의 끝맺음을 완벽하게 해놓았다고 할까. 그렇게 느껴졌다.

생전 들어보지 않았던 음식물 쓰레기통을 들었다.

"쓰레기 버리러 다녀올게요."

그 뒤로 음식물 쓰레기가 더럽다고 느껴지지 않았다. 그런 경험을 해봤기에 요리를 하는 과정이 얼마나 험난하고 고단한 여정인지 알게 되어, 어머니가 차려주신 식사를 마치고 나면 설거지와 음식물 쓰레기 처리를 도맡기까지 했다.

내가 만일 그러한 경험을 겪지 않았다면 어땠을까? 난 여전히 음식물 쓰레기라면 기겁을 했을 것이다. 나에게 음식물 쓰레기를 버리라고 누가 강제적으로 시킨다면 몹시 불쾌했을 터이고. 하지만 겪어보니 또 다르다. 이렇듯 무엇이든 경험하는 게 중요하다고 생각한다.

음식물 쓰레기 버리는 걸 죽기보다 싫어했던 한 소년이, 맨손으로 남은 음식물을 주워 담고는,

'손 씻으면 그만이지 뭐.'

이렇게 너스레를 떨 수도 있으니 말이다.

어리지 않은 어린 고민

무더운 어느 날 여름휴가를 겸해서 친가 식구들과 같이 계곡에 간 적이 있었다.

오랜만에 만나는 가족들이기에 반가웠다. 친가에서 난 장손이라 사촌들과는 터울이 커서 식사를 할 때면 어른들 옆자리에 앉게 됐다. 사실 어른들의 옆도 썩 편하진 않지만 그래도 그 자리를 고수하는 이유가 있었다. 어린 사촌 동생들과 무슨 말을 해야 할지 몰라서였다. 여동생들이라 왠지 모르게 나와 공감대도 없을 거 같고 괜히 말을 건네면 더 어색해질 것만 같은 그런 복잡한 마음이 들어서다.

어느덧 해가 저물었다. 모기들이 하도 덤벼서 평상에서 벗어나고 싶었다. 마침 남동생이 사촌 여동생들의 틈에 끼어서 놀고 있던지라, 동생들이 있는 방에 들어갔다.

아이들은 눈을 가리고 술래잡기를 하고 있었다. 최대한 방해가 안 되게끔 구석진 곳에 자리 잡고 앉아 조용히 휴대폰을 꺼냈다. 사촌들은 놀이에 흥이 떨어졌는지 몇 분 지나지 않아 끝이 나버렸다.

그런데 사촌들 중 제일 나이 찬 여동생이 나에게 말을 건넸다.

"오빠, 밖에서 잠시 얘기 좀 할 수 있을까?"

모기를 피해 안으로 피신했는데 다시 밖으로 나가야 하다니, 영 내키지 않았다. 그렇다고 오빠가 된 주제에 거절을 할 수도 없는 노릇이라 함께 밖으로 나갔다.

"왜, 무슨 고민이라도 있어?"

계곡을 따라 천천히 걸으며 동생에게 말을 건넸다.

"그냥 큰 고민은 아닌데, 이제 내년이면 나도 고3이잖아. 그냥 주변에 이런 거 물어볼 사람도 없고 해서….."

흠칫 놀랐다. 마냥 어린아인 줄 알았는데 벌써 예비 고3이라니.

"모의고사 문제집 가져왔다고 했지? 산책하고 나서 방에 들어가서 어려운 거 체크해놔, 내가 봐줄게."
"고마워, 근데 그것보다 오빠가 보낸 입시생활이 어땠는지가 궁금해. 수시로 가야 할지 정시로 가야 할지 그런 것들 있잖아."

동생의 말을 듣고 또 한 번 놀랐다.
애가 벌써 이런 조언도 구하게 됐구나. 어릴 때 인형

놀이 하며 놀았던 기억만 내 기억 속에 남아 있는데 말이다. 천천히 내 고3 생활을 떠올려봤다. 기억나는 건 많지 않았지만 주변에서 들은 소소한 지식들과 내 경험을 토대로 해줄 수 있는 이야기들을 솔직하게 들려주었다.

"오빠는 뭐 고민 같은 거 없어?"
"걱정, 고민은 늘 많지. 다만 남들에게 쉽게 내색하지 않을 뿐이야."

산책을 마치고 방으로 돌아와 누웠다. 방금 밖에서 사촌 동생과 나눴던 대화를 다시 곱씹었다. 아까 대화를 하며 느낀 감정들이 머릿속을 떠나질 않고 맴돌았다. 동생들이 어리다는 이유만으로 같이 어울리는 걸 기피하려 했던 내 자신이 참 못나 보였다.

여동생의 고민은 그 나이라면 누구나 느낄 수 있는 흔한 고민이었다. 마찬가지로 나도 열여덟, 열아홉에 느꼈던 걱정과 고민들이 분명 있었다. 당시에 나에겐 그게 결코 사소한 것들이 아니었으며 마땅히 의논하거나 조언을 구할 만한 상대가 없어 늘 버겁게 여겨졌었다. 간혹 경험이 있는 연장자에게 어렵게 고민을 털어놓으면 대수롭잖다는 투로 "네 나이에 뭘 알겠어. 선생님이랑 상의해서 잘 판단해." 같은 뻔한 대답이 돌아왔다. 그럴 때면 마치 못 물어볼 걸 물어본 것 같은 자괴감마저 들었다.

사촌 동생이 느끼기에 조금 전 내 대답은 과연 충실했을까.

딴에는 심각한 고민을 건성으로 받아들인 것 같기도 하고, 사촌 동생을 너무 어리게만 여긴 것 같아 마음이 편치 않았다.

열아홉의 나와 지금의 나를 비교해본다면 삶의 경험들이 더 많아졌을 뿐, 생각은 이렇다 할 만큼 크게 달라진 건 없는데도 말이다.

어
차
피
내
가
사
는
인
생
이
니
까

자꾸 나를 가르치려 하는 사람들이 있다.

물론 나도 누군가에게 그런 식으로 말한 적이 있을 것이다.

 나를 향한 진심 어린 조언들은 좋은 쪽으로 달게 받겠지만, 자기 자신과 인생관이 '다르다'고 하여 상대에게 '틀렸다'라고 말하는 사람에겐 분명 문제가 있다.

 "너는 그렇게 살면 안 돼."

내가 보기엔 그 말을 한 이도 썩 괜찮은 인생을 살아
간다고 보이진 않았다.

어차피 내 인생이다. 내가 살아가고 있는 온전한 나
의 인생이고 또 나 자신보다 나를 잘 아는 사람도 없
다. 나의 입장을 충분히 생각하고 진심 어린 걱정에서
전하는 말이면 모를까. 별 생각 없이 단지 자기 기준과
다르다고 하여 내뱉는 말들.

그런 상황에서 마음에 상처를 입히는 말들을 걸러 들을 필요가 있다. 나를 위해서 하는 말일지라도, 내가 미처 깨닫지 못하는 부분들을 일깨워주지 못한다면 의미가 없고, 나에 대한 기본적인 이해와 신뢰가 없이 하는 말이라면 결과적으로 내게 상처만 입히는 날붙이에 불과하기 때문이다.

반대로 한마디를 하더라도 진심을 전하는 사람이 내 곁에 있다.

그가 말하길, 자기는 내 나이 때 하고 싶었던 일을 포기해버린 게 그렇게 후회가 된다고 했다.

"아버지가 그러셨어. 예순이 넘어 자신의 지난날을 돌아봤을 때 젊었을 때 하고 싶은 것들을 못 해본 게 가장 후회가 되셨다고. 아버지에게 어릴 때부터 그런 말을 들으며 자랐는데 정작 나이가 들어서는 나도 가장 하고 싶었던 걸 못 해본 게 후회가 되더라…. 당시엔 꿈을 포기해야 했을 만큼 여러 가지 이유들이 발목을 잡았는데, 지나고 보니 사실 별거 아닌데 내가 너무 쉽게 포기한 것 같더라고."

그의 표정에서 진심이 묻어 나왔다. 나도 모르게 안쓰러운 표정을 지었나 보다. 그는 알겠다는 듯이 씨익 웃으며 다시 말을 건넸다.

"근데 지금의 삶도 나름 만족스러워. 그렇게 반성을 했으니 최소한 지난날처럼 후회될 거 같은 일들은 만들지 않으려고 노력하니까."

집에 돌아와 있는데도 낮에 그와 나눴던 대화가 계속 머릿속을 맴돌았다. 되새길수록 기억에 남는 말이었다.

후회될 일들을 만들지 않는 삶이라….

사실 현재에 하고 싶은 것들을 즐기면서, 미래에 후회를 만들지 않도록 산다는 게 심오하거나 거창한 뜻을 담고 있는 말은 아닌 것 같다.

지금 당장이 아니면 실천하기 어려운 것들. 이를테면 길을 지날 때 마음에 드는 이성이 있다면 용기내서 말을 걸어보거나, 머쓱하지만 부모님에게 사랑한다고 표현해보거나, 나만의 노래 가사를 써보든가 말이다.

이왕 살아가는 거 스스로 자신에게 주어진 삶의 주인이 되어 살아가는 인생이 가장 멋진 인생이 아닐까. 선택에 따르는 책임만 지고 간다면 그 선택의 결과가 자신의 기대에 미치지 못하는 결실을 맺는다고 하더라도, 분명 그 시간과 경험들은 앞으로 살아가는 데 있어서 좋은 밑거름이 될 테니 말이다.

나에게 건네준 지인의 말을 빌려서 말하자면 지난 날들을 떠올릴 때 최소한 후회될 만한 일들은 없을 테니까.

올빼미족

오후가 다 되도록 늦잠을 잘 때면 하루가 무척이나 짧다. 빈둥거리다 일어나 씻으면 벌써 날은 어둑어둑해져 있다. 이런 생활을 대략 일주일쯤 한 적이 있다.

올빼미족이라고나 할까?

남들은 다 자고 있을 시간에 책상 앞에 앉아 그제야 일과를 시작했다. 그러다 동이 터올 때야 눈을 붙이는 그런 나날들. 악순환이었다. 그런 나날이 이어지자 몸이 견디지 못했는지 어느 날은 밤 10시에 잠이 들었다. 다음날 오전 6시 반에 눈이 떠졌는데 신기하게도 평소와 달리 엄청 맑은 정신으로 눈을 떴다. 보통이라면 한창 숙면에 빠져들었을 시간인데 말이다. 아침에 자든 저녁에 자든 잠을 자는 시간의 총량은 똑같았는데도 불구하고, 몸의 개운함은 완연히 달랐다.

어릴 적, 담임 목사님이 해주신 이야기가 있다. 우리 몸은 오후 11시부터 오전 3시까지 피로가 회복된다고 하셨다. 그 시간에 잠을 청하기 어렵다면 눈을 감고 있는 것만으로도 도움이 된다는 말씀이었다. 그밖에 여러 가지 이유를 들 수 있겠지만, 정말 확실하게 몸소 느낀 바로는 일찍 잠을 자는 것이 건강에 좋다는 것이다.

또 시간의 활용적인 측면에서도 굉장히 다르다. 예전과 달리 일찍 잠이 든 다음날은 유독 하루가 길었다. 하루 동안 해야 할 일과를 마치고도 남아도는 시간들 때문에 당황스럽기까지 했다. 간혹 할 일들을 마무리하지 못한 날에는 하루가 왜 이렇게 짧으냐며 한탄했는데 비로소 해답을 찾게 되었다. 시간이 부족하다고 투정만 부릴 게 아니었다. 하루의 길이는 시간을 어떻게 활용하고 만드냐의 차이인 거라고.

면발치에서

남의 일에 간섭하는 걸 썩 좋아하지 않는다.
사건의 자세한 내막을 모르는 경우 당사자가 아무리
가까운 사이라 할지라도 대개 멀리서 상황을 지켜보는
편이다.

아직 길지 않은 삶을 살아가면서 내가 나 자신을 지켜본 경우는 거의 없다. 아니, 내가 타인의 눈이 되어 나를 바라보는 일은 한 번도 없었다. 가끔 궁금하다. 길을 걷다 문득 보이는 내 모습은 어떠할까? 다른 사람의 눈으로 나를 바라보았을 때 나는 어떤 모습일까?

간혹 영화나 드라마를 보면 영혼과 몸이 분리되는 유체이탈 장면이 나온다. 유체이탈을 하면 비로소 내 모습을 타인의 눈으로 바라볼 수 있을까?

한때 스스로를 뭐라도 된 양 잘난 척하며 군 적이 있었다.

주위 사람들에게 잘못된 부분을 꼬집고 꾸짖었고, 앞으로 어떻게 살아가야 한다며 주제넘은 소리도 서슴없이 했다. 지금 생각하면 부끄럽기 그지없는 지난날이지만, 주위 사람들도 그런 내 말에 크게 공감을 했던 터라 당시엔 그게 멋있는 줄로만 알았다.

참 얼마나 우스워 보였을까.

타임머신이 있고 유체이탈을 할 수 있다면 그때로 돌아가 나를 멀찌감치 떨어져서 한번 지켜보고 싶다. 아마 스스로 부끄러움을 감당할 수가 없어서 그 자리를 떠나려고 발버둥 칠 거 같지만.

이제는 함부로 조언 같은 걸 하지 않는다. 다른 사람의 고민은 잘 들으려고 노력하지만 말이다. 내가 그가 아니기에, 그의 사정을 속속들이 알지 못하기에 겸손해져야 함을 안다. 당연한 말이지만 자기 문제는 자기 스스로가 제일 잘 안다. 또 자칫 남의 문제에 잘못

개입했다가 나중에 우스워지기도 싫고. 내 인생도 잘 살지 못하면서, 남의 인생을 걱정하는 데 시간을 보내는 게 그렇기도 하고.

우연한 기회에 강연을 듣게 되었다.

삶에 대한 여러 이야기를 전하는 자리였는데, 강연자가 지나가는 말로 던진 질문이 뇌리에서 떠나질 않았다. "자신의 그림자에도 눈이 달려 있다면 어떨까요?"

강연을 마치고 돌아오는 길, 그 질문을 내 식대로 해석해봤다. 내 눈으로 보이는 게 전부가 아닌, 한 발짝이라도 먼발치에서 나를 보며 살아가는 자세에 대한 질문이 아니었을까 하고 말이다.

누군가를 위해 헌신하는 고귀한 삶까지는 당연히 쉽지 않겠지만, 다른 이의 눈에 최소한 부끄럽지는 않게 살고 싶다.

힘겨웠던 하루 끝,

잠자리에 들기 전에 나를 돌아보는 시간을 갖고자
노력한다.

가끔은 먼발치에서 바라본 나는 어땠을까?

예
보
되
지
않
은
비
처
럼

비가 세차게 오는 서울의 거리.

오전에 길을 나서는데 정말 엄청난 양의 폭우가 줄기차게 내렸다. 바람이 부는 방향을 예측할 수 없어서 덕분에 한쪽 어깨는 다 젖고 말았다. 오랜만에 비 소식이 반갑다. 어깨를 흠뻑 적신 이 비가 극심한 가뭄으로 고생하는 곳에 내리면 참 좋을 텐데 하는 마음이 들었다.

올해는 유독 가뭄이 심하다더니, 정말 비가 필요한 곳엔 강수량이 부족하다는 뉴스가 하루가 멀다 하고 들려온다. 그런데 또 어떤 곳에서는 호우경보로 피해가 심각하다고 한다.

최근 충북 지역에 폭우로 홍수가 나고 도로가 침수되었다는 보도를 봤다. 범람한 물로 인해 일상생활이 완전히 불가능할 정도로 피해를 입은 모습을 보고 안타까움이 컸다. 내가 사는 곳이 이러한 재난 피해에서 비껴갔다며 안도할 문제가 아니었다. 난생 처음 미미하지만 피해 복구 성금을 보내면서 빠른 복구를 간절히 기도했다.

오전 일과를 마치고 집으로 돌아왔다. 오후 7시쯤 다시 밖에 나가보았다. 여름이라는 말이 무색할 정도로 시원함과 쾌적함을 느낄 수 있었다. 강렬하게 뙤약볕이 이글거리던 여느 때와 달리. 먼지가 씻겨 나가 깨끗해진 거리와 하늘을 보니 내 마음까지도 청량하게 씻겨 내려간 기분이었다.

날씨가 너무 더워 한 줄기 빗방울이 절실하게 느껴질 때 예보 없이 찾아온 단비처럼, 일상 속에 무뎌져 살아가는 와중에 예상치 못하게 얻게 되는 것으로 느껴지는 행복이 있다. 상상만 해도 설레는 그런 축복들을 생각하면 벌써부터 즐거워진다.

이 삶을 살아가는 즐거움을 더 크게 느끼고 싶다. 나에게 일어나는 크고 작은 일들을 비롯해 때론 내 마음이 언제나 설렘으로 가득 차면 행복을 보다 크게 느낄 수 있을 것이다.

생각에도 힘이 있다고 한다. 늘 좋은 생각만 하며 살아갈 순 없겠지만, 속는 셈 치고 그렇게 살아가는 것도 나쁘지는 않을 거 같다는 마음이 한편으론 든다. 생각에도 힘이 있다면.

근
거
없
는
자
신
감

때론 근거 없는 자신감이 빛을 발할 때도 있다. 하지
만 이는 우연, 그야말로 요행수일 뿐이다.

대학교 시험 기간이었다.

사실 시험공부를 제대로 하지 못했던 터라, 아는 것만 적어내자, 라는 가벼운 마음으로 시험장에 들어섰다. 일찍부터 많은 사람들이 강의실을 차지하고 있었다. 어쩔 수 없이 맨 앞자리에 앉았다. 시험지를 받고 문제를 천천히 읽어갔다. 강의 중에 들었던 내용인 거 같으면서도 또 아닌 거 같은, 어쨌든 내가 공부를 안 했다는 사실만은 뼈저리게 느껴졌다.

그럼에도 시험장에 당당히 들어온 데는 나름 이유가 있었다. 문장을 그럴싸하게 만드는 것에 대한 자신감은 어릴 적부터 있었던 것이다. 주저 없이 펜을 꺼내 들고 답을 써 내려갔다. 그야말로 정밀한 SF소설을 쓰는 듯한 마음으로. 말도 안 되는 지식들을 조합해 문장들을 끼워 맞췄다. 답을 다 적고 보니 꽤 그럴싸해 보이는 답안지가 완성됐다.

"문제 다 푸신 분은 30분부터 제출하시고 나가시면 됩니다."

감독관의 말을 듣고 시계를 봤다. 제출 시간이 10분이나 남아 있었다. 공부도 안 한 놈이 왠지 모르게 뿌듯했다. '어라? 이거 시험공부 안 해도 A⁺ 받는 거 아니야?'라는 생각까지 들었다.

근자감. 근거 없는 자신감이라는 말이 딱 떠올랐다. 쓸데없는 근자감. 그 믿음 하나에만 의지한 채 시험지를 첫 번째로 제출하고 나왔다.

종강되고 얼마 지나지 않아 어머니에게서 연락이 왔다. 성적이 나왔는데 확인해보라고 하셨다. 어떻게 나보다 잘 알고 계실까? 근자감을 믿고 살짝 소름이 돋았지만 설레는 마음에 성적을 확인해봤다.

성적은 F. 나름 자신 있게 답안지를 제출했던 그 과목의 성적은 F였다. 믿기지 않는 결과였다. 잘못 나온 건가 싶어 한 번 더 성적을 확인해봤지만 결과는 변함없었다. 역시 내 자신감은 근자감이었던 것인가….

허탈했다. 재수강해야 한다는 사실이 끔찍했다. 감정이 조금 추슬러지자 나도 모르게 웃음이 나왔다. 공부도 안 했으면서 요행을 바라다니. 역시 노력은 배신하지 않는다. 난 노력조차 안했기 때문에 배신당할 것도 없었다.

대개는 근거 없는 자신감은 생각했던 것보다 좋지 않은 결과를 가져온다. 당연한 것이다. 그런데 사람이 참 간사하더라. 그러고도 허황된 기대를 하고 크게 낙심하곤 한다.

그리 오래 살았다고 할 수는 없지만, 살아가면서 절실히 느끼고 있는 것이 하나 있다. 기대는 실망을 낳고 실망은 상처를 남긴다는 사실. 내가 상처받지 않으려면 많은 기대를 하지 말아야 한다는 사실. 물론 삶에서 기대와 설렘은 짜릿하고 달콤하다. 그러나 일이 생각만큼 잘 풀리지 않았을 땐 더 큰 실망과 공허함이 뒤따른다.

그래서 나에게 근사한 제안이나 달콤한 말이 들려올 때면 되도록 기대를 하지 않고자 애쓴다. 그것이 근거가 있든 없든. 기대가 크면 실망도 큰 법이니까. 마음을 비우고자 노력한다고 말하는 게 더 정확한 표현이겠다. 그렇게 마음을 비운 뒤, 일이 예상보다 잘 풀리면 기분 좋은 행복감이 몰려와 뜻지 않은 선물을 받은 것 같은 기분이 든다. 근거 없는 자신감을 경계해야 하는 이유도 마찬가지 아닐까.

그렇기에 근거 있는 자신감으로 살아가고자 한다. 시험장에 들어섰을 때 준비된 상태에서 시험을 보는 것과 요행을 바라며 결과를 기다리는 건 하늘과 땅 차이다. 언제나 부족한 자신감으로 인해 상처받고 허덕이며 아파하는 것보다, 단단히 무장된 마음으로 의연하게 받아들이거나 대처하는 것이 본인 스스로에게 더 이롭기 마련이기에.

이
끌
려

가
는

삶

앞서도 말했지만 나는 낯가림이 심하다. 그래서 사람에
대한 편식이 있다. 나와 마음이 잘 맞는 사람과 그렇지
않은 사람을 구분하는 그런 편식 말이다. 생면부지의
낯선 이와 처음 대면하는 자리일지라도 그 사람이 나와
코드가 맞는지 그렇지 않은지 어렵지 않게 알 수 있다.
당연한 말이지만 모든 사람이 자신과 맞을 수는 없다.
나 또한 누군가에게 전혀 맞지 않는 사람일 수 있다.

내 편식의 기준은 딱 하나다. 나를 바꾸려고 하는가, 그렇지 않은가. 달리 말하면 '나라는 인간의 전체를 존중하는가, 그렇지 않은가'이다. 어떤 이가 나를 이끌어 주는 건 정말 고마운 일이다. 하지만 내 삶이 다른 이에게 이끌려 가는 것만큼 보잘것없는 일은 또 없다.

열 사람을 만나면 그중 하나는 꼭 자신을 나보다 우위에 두고 내 삶을 지적하며 이끌어가려는 사람이 있다. 그 사람이 아무리 인간적으로 매력 있고 좋은 사람이라 할지라도, 이른바 '훈장질'을 하며 나를 바꿔놓으려는 사람과의 관계는 그야말로 피곤한 노릇이다. 그런 사람과의 만남 뒤에 나에게 남겨지는 건 자신에 대한 회의뿐이다. 그런 감정에 지배당하고 싶지 않기에 나는 인간관계를 편식한다.

그들은 선의에서 나에게 조언하는 것일 수도 있다. 그리고 그 지적들이 실제로 나에게 도움이 될 수도 있을 것이다. 하지만 자신의 판단대로 누군가를 바꾸어 놓겠다는 그들의 '의지'가 나에게는 불편하다.

한때 무척 동경했던 이가 있었다. 그와 알게 되어 무척 기뻤고, 그와의 만남을 고대했다. 하지만 그와 만나고 나면 언제나 그가 내게 던진 말들이 아프게 다가왔다. 처음에는 뼈아픈 고언이라 생각했다. 그러나 만남을 이어갈수록 나를 아프게 하는 말들이 내 정신을 힘들게 만들었다.

그를 만남으로써 한 가지 깨달은 것이 있다면 누군가에게 이끌려 가는 삶은 나를 더 피폐하게 만들 뿐이라는 것이었다. 그를 만나면 내가 행복하지 않았다.

언제나 행복하길 바라며 살아가는 것이 인생인데, 왜 스스로를 못난 사람이라고 비하하며 살아야 할까. 우린 언제나 행복할 자격이 충분하다. 그러려고 살아가는 거니까 말이다.

나의 삶은 내가 사는 거지 남이 살아주는 것이 아니다. 자신을 잘 알고 자신을 사랑하기. 그 당연한 사실을 너무 뒤늦게 깨달았지만, 지금이라도 깨달아 다행이라 여긴다. 실수를 깨닫고 내가 잘못된 길을 걷고 있다는 걸 알았다. 그렇게 스스로 겪은 바를 통해 얻은 교훈은 더 진실될 테니.

흔히 말하는 팔랑귀처럼 남이 하는 말을 듣고 곧이 곧대로 믿어버리거나, 자신의 선택을 바꿔버리는 건 정말 좋지 못한 습관이다. 언제나 자신의 생각이 먼저 확립되어야 한다.

타인에게 이끌려 가는 삶보단 누군가를 좋은 길로 이끌어주는 삶을 택하고 싶다.

기준에 따라 다르겠지만 속내를 말하는 방식으로 사
람을 두 타입으로 나눌 수도 있을 것 같다. 마음에 들
지 않는 이야기를 들었을 때 속에 담아두고 삭이는 사
람이 있으면, 그 자리에서 바로 문제를 꺼내 털어놓는
사람이 있다.

매사에 즉각적으로 반응하지 않고 분위기를 헤아려
말을 가리는 사람이 좋다. 그런가 하면 속 시원히 자
신의 생각을 조목조목 얘기하는 사람은 복잡하지 않

아서 좋기도 하다. 그들이 처한 환경이 동일하지도 않
거니와 매 상황 또한 다르기에 두 타입 중 어느 쪽이
옳다고는 말할 수는 없다. 이건 단지 개인의 성향 문
제일 뿐이다.

전자의 경우, 자신의 감정을 일단 억누르고 분위기
를 살피려는 배려가 있기에, 그 마음을 헤아리게 됐을
땐 미안함과 소소한 감동이 뒤따른다. 자칫하면 본인
이 피해를 보게 될까 봐 말을 속으로 삼키는 것일 수

도 있지만, 대개는 상황을 악화시키지 않고 원만하게
유도하기 위한 노력이 그 마음에 배어 있다. 상대방에
대한 배려와 더불어 최선의 결론으로 도달하기 위한
성숙한 태도이다. 물론 천성적으로 우유부단한 사람
이 아니라면 말이다.

　후자의 경우, 상황을 복잡하게 꼬지 않고 좀 더 효율
적인 방식을 추구하거나 상대방에게 묵직한 메시지를
주고 싶은 경우라 생각한다. 일단 무엇보다 자신의 논
리는 물론 쉽지 않은 용기가 필요한 일이기 때문에 박
수 받아 마땅한 일이다. 물론 자잘한 갈등을 초래하지
않아 뒤끝이 남지 않는다면 더없이 좋을 것이다. 같은
말이라도 상황에 따라 말의 강약과 고저를 조율해야
할 필요가 있는 건 당연하다.

　가까운 지인이 내게 조언을 구하는 자리가 있었다.
내가 사회 경험이 많지도, 또 남들보다 많이 알아서도
아니라 누군가에게 조언을 할 입장은 아니었지만, 그

는 내게 간곡히 도움을 청했다. 난 말을 아끼라고 그에게 당부했다. 분명 내가 하는 말로 인해 상황이 달라질 수도 있다는 걸 내심 알고 있으면서도 말이다.

"네가 하고 싶은 말을 그 자리에 모인 사람들도 한 번쯤은 하고 싶었을 거라는 생각, 안 해봤어?"

나는 대인관계에서 안정 지향적인 관계를 유지하려는 편이다. 관계를 해치지 않으려 신경 쓰지만 그렇다고 그 관계를 유지하기 위해 비굴하게 굴고 싶지는 않는 것도 내 마음 한편에 자리 잡고 있다. 내가 그에게 그런 말을 감히 한 것도 이런 내 성향과 그가 처한 상황이 크게 벗어나 있지 않다는 판단에서였다.

내 이야기를 듣고 그는 어렵게 입을 떼었다.

"나도 그렇게 생각해보지 않은 건 아니야. 다만 그 사람들도 누군가 발 벗고 용기내서 말해주길 기다릴 수도 있는 거잖아…."

그의 목소리에서 그간 겪은 고민의 흔적이 짙게 묻어났다. 그의 눈빛이 사뭇 진지해 보여 어떻게 보면 내 조언이 비굴하게 느껴질 수도 있겠구나 싶었다.

더는 내가 할 말이 많지 않았다. 그의 생각을 존중하며 그럴 수도 있겠구나, 라고만 답했다.

사실 처음부터 그의 마음을 몰라서가 아니었다.

집으로 돌아오는 길에 연신 그가 뱉은 말을 쓸쓸하게 곱씹었다.

안정과 소신, 과연 무엇이 옳은 걸까.

먼저
내민
손

서운했던 마음이 눈 녹듯 스르르 무너졌다.

며칠 전, 한동안 멀어졌던 사람과 대화를 나눴다. 그와의 관계가 서먹해진 정확한 이유는 사실 잘 기억이 나지 않는다. 어느 순간 서로의 입장을 이해 못 해 벌어진 일이었을 거라 짐작할 따름이었다. 누구나 성인이 되고 사회생활을 시작하게 되면서 상상했던 것보다도 훨씬 더 일상이 조여온다는 느낌을 받을 때가 있다. 마음의 여유가 부족하고, 업무에 시달려 잠을 푹 잤던 게 언제였는지도 기억이 안 나는 그러한 나날. 그 괴로웠던 순간에도 차차 적응하게 되고 지나고 나면 별일 아니었을 시간이었지만, 어쨌든 그랬던 시기에 그와 나는 어느샌가 멀어져 있었다.

군대에서 휴가 나온 친구랑 술자리가 있었다.
그 친구를 통해서 오랜만에 그의 이야기를 전해 들을 수 있었다.

"연락이 너무 없어서 서운하다고 하더라."

친구는 어렵게 말을 꺼낸 눈치였다. 친구의 말에 하고 싶은 말은 정말 많았지만, 당사자가 없는 자리에서 좋은 말이든 나쁜 말이든 함부로 꺼내지 않는 게 낫다는 걸 모를 만큼 나도 어리진 않았다. 말이란 게 옮겨지면 옮겨질수록 왜곡된다는 걸 익히 몸으로 체험해봤기에 그랬다. 나는 조심스레 말을 아꼈다.

"뭐 다른 말은 없었어?"

이미 술을 한잔 걸친 탓일까, 왜 저런 말을 내뱉었는지는 모르겠다. 이제 와서 생각하면 저 말을 뱉은 속내에는 나에 대해 서운함을 표시하면서 달리 또 안 좋은 말이 없었는지를 캐내려는 심사가 자리 잡고 있었을 것이다. 유치하기 짝이 없지만, 술도 걸쳤겠다, 괜히 궁금하기도 했다. 그만큼 내가 아직도 철이 없는 것일 테지만.

친구는 딱히 별말은 더 없었다고 했다. 그냥 연락 좀 하고 지냈으면 좋겠다고만 말을 덧붙였다.

소원해지긴 했어도 그가 나와 완전히 척지려고 작정한 건 아닌 듯싶었다.

아니, 그럼 자기가 먼저 연락하면 어디가 덧나나! 그런 야속한 마음이 잠시 들기도 했지만, 경우가 어찌 됐건 그런 말까지 전해 들은 마당에 그냥 무시하고 넘어갈 수도 없는 노릇이었다.

그래 까짓것, 내가 전화한다!

휴가 나온 친구에게 잠깐 볼일 좀 보겠다고 하고 밖으로 나가서 그에게 전화를 걸었다. 마지막 통화가 아마 한 해 전쯤이었던 것 같다.

조금 긴장이 되었다. 짝사랑하는 이성에게 거는 전화도 아닌데 왠지 모르게 가슴이 떨렸다. 몇 번의 신호음이 이어지더니 이내 그의 음성이 들려왔다.

"어, 여보세요?"

반가운 목소리였다. 무슨 말을 덧붙일까 고민하다가 그냥 잘 지냈냐, 라고만 툭 던졌다. 전화를 하겠다고 마음먹은 순간부터 계속 고민해왔던 첫마디. 고심 끝에 뱉은 말치고는 참 볼품없는 말이었지만, 괜히 어색하게도, 낯설게도 다가가고 싶지 않았다. 그런 나의 마음을 그도 헤아렸는지 어제 막 헤어진 사람과 이야기하듯 스스럼없이 대화를 이어갔다.

전화 한 통으로 그와의 시간은 다시 예전으로 되돌아갔다. 통화 내용도 별거 없었다.

그런 두 사람이 그저 바쁘다는 이유만으로 서로에게 소홀해진 것, 단지 그뿐이었다. 한 해 두 해 나이가 들어갈수록, 정해진 시간 안에 끝내야 할 일들에 쫓기고, 미처 시작하지도 못한 일들에 치이면서 이런저런 이유들로 멀어져가는 사람들이 하나둘 늘어간다는 게 속상할 뿐이다.

최
선
이
일
등
이
다

일등.

이 단어를 떠올릴 때면 왠지 모르게 머릿속엔 한 유행
어가 떠오른다.

"일등만 기억하는 더러운 세상!"

모 개그 프로그램에서 유행시킨 말로 동네 꼬맹이들
도 따라 했을 정도로 이 유행어는 삽시간에 퍼져나갔다.

．
．．

문득 개그를 짜는 사람들도 참 대단하다는 생각이 든다. 남을 웃기는 것만도 쉽지 않은 일인데, 사회를 풍자하기까지 한다.

그간 살아오면서 일등을 해본 사람은 과연 몇이나 될까?

나의 경우를 떠올려보니, 나도 어느 자리에서나 일등의 순간을 맛보았던 기억은 없다.

어릴 적 아버지는 늘 말씀하셨다. 일등을 하기보다 먼저 최선을 다하라고, 최선을 다하는 것이 일등인 것이라고. 이런 말씀을 하실 때 아버지 손엔 언제나 성적표가 들려져 있었다. 아들의 부담을 줄여주려고 하셨던 말씀이었겠지만, 솔직히 그 말이 더 부담이 되기도 했다.

어떤 일을 하든지 나는 대개 중간에 머물렀다. 어디서나 접할 수 있는 그냥 보통사람이었던 것이다. 그렇다고 일등이 아니어서 행복하지 않다고 느낀 적은 없다.

언젠가 TV에 나오는 광고를 봤다. 무엇을 알리려는 광고였는지는 정확히 기억나진 않지만 영상의 내용은 대략 이렇다.

세대 단위로 시간을 거슬러 오르며 회상에 잠기는 장면들이 이어지는데, 처음엔 백발의 노인들이 대화를 나눈다.

"그때가 참 좋았지. 다시 돌아갈 수 있다면 뭔들 못 하겠는가."

이어 포장마차에 정장 차림의 중년들과 바로 옆 테이블엔 막 전역을 한 듯한 군복 차림의 청년들이 앉아 있다. 청년들을 바라보며 중년들이 말한다.

"저때로 다시 돌아간다면 진짜 열심히 살아갈 수 있을 텐데. 좋을 때다."

배경은 빠르게 변하고 사회초년생이 등장해 교복을 입고 지나가는 학생들을 바라보며 같은 말을 한다. 그리고 그 교복을 입은 학생들은 꼬마 아이들을 보고 똑같은 말을 한다.

광고를 보면서 참 신선하다고 느꼈다. 광고가 전하고자 하는 메시지에 충분히 공감했다. 자기보다 앞서가는 사람들은 언제나 많아 보인다. 그런 사람들을 보며 자극을 받고 동기 부여가 된다면 좋겠지만, 보통은 자신의 현실이 상대적으로 비참하다고 여기기 일쑤다. 인생에 있어 모든 사람들이 풀어야 할 단 하나의 정답은 없다. 개인의 성향과 이상이 다 다르고, 같은 지점을 목표로 삼더라도 거기에 도달하려는 방식이 또 저마다 다르다. 다른 사람의 인생을 통해 자신의 인생을 바라보는 것 자체가 옳지 않은 일이다.

비록 일등 한 번 해보지 못하고 평범하게 살아간다 해도 뭐가 문제인가. 모든 사람들이 다 다른 것처럼 나의 일등과 저들의 일등은 같은 지점에 있는 것이 아니다. 성적이나 개인에 대한 사회적 평가는 모든 사람들의 목표와 가치관을 고려하지 않는다. 단지 집단적 관리의 필요에 의해 수치화한 데이터에 불과하다. 그 자료의 가치를 인정하지 않는 건 아니지만, 모든 사람들의 인생에 적용할 수 있을 만큼 객관적인 자료는 아니다. 개인의 인생에 대한 평가는 결국 당사자의 몫일 수밖에 없다.

자신의 일생을 걸고 추구해야 하는 어떤 가치, 현재의 입장에서 성취하려는 목표, 사회적 관계와 개인적 행복의 조화, 성숙한 인성과 자아의 실현, 이 모든 것들에 대한 도전과 노력이 인생에 대한 평가 항목이라고 할 수 있지 않을까. 그러니 최선을 다하는 것만이 진정한 일등인 것이다.

결국 아버지가 옳았다.
나는 지금 최선을 다해 노력하고 있노라고 스스로를 응원한다.

오늘 하루를 믿으면서

유난히 바쁜 날이 있다. 일상적으로 처리해야 하는 업무에, 개인적으로 해결해야 할 일이 끼어들며 손과 발이 바빠진다. 마음을 다잡고 우선순위를 정해놓고 차분히 일을 처리해보려고 하지만, 문제는 바쁘면 바쁠수록 일이 손에 잡히지 않는다는 것이다. 이런 날이 며칠 반복되면 누적된 피로에도 불구하고 쉽게 잠을 이루지 못하기도 한다. 신경이 예민해진 탓이다. 옅은 잠에 빠졌다가 슬쩍 눈이 떠지는 새벽에는 이런저런 생각들까지 몰려와 우울해지기까지 한다. 좀처럼 달갑지 않은 이러한 상황이 주기적으로 찾아온다.

반복되는 악순환에 내성이 생겼다고 할까? 이런 상황에 대처하는 요령이 어느 정도 생겼다. 우리의 뇌는 아무것도 하지 않고 멍 때리는 순간에도 쉼 없이 움직인다고 한다. 머릿속이 혼란스러울 땐 호흡에 귀를 기울이고 당장 해야 할 것들에만 집중하라는 내용의 기사를 본 적이 있다. 아직 일어나지도 않은 일들에 대한 걱정이나 불필요한 여러 생각들을 끌어안고 살아가면 쉽게 피곤해진다는 말인 거 같다. 아무튼 나는 잡생각들로 쉬 잠을 못 이루는 밤이면, 창문을 열고 조용히 밤 하늘에 집중한다. 구름이 낀 날엔 구름이 움직이는 동선을 관찰한다. 가장 밝게 빛나는 별을 찾으면서 말이다. 그게 실제로 마음의 안정을 찾게 한다.

마음이 어느 정도 안정을 찾으면 다시 책상에 앉는다. 허나 자칫 또다시 잡생각들에 빠져버릴 수 있으니 마인드 컨트롤을 하는 것이 중요하다. 물은 아직 잔 속에 있다. 엎지를 걱정은 엎질러진 다음에 생각하자. 물이 엎질러졌다면 다른 물건들이 젖기 전에 수건 같은 걸로 재빨리 닦으면 된다, 라고 스스로를 다독이면서 말이다. 언젠가 발생할 수도 있는 문제에 대한 대응책까지 미리 머릿속에 그려놓고 마음을 어지럽히는 잡생각들을 비워내다 보면, 그게 또 어느 정도 효과를 발휘한다.

언젠가 은사님께서 이런 말씀을 하셨다.

삶의 대한 걱정들로 인해 지금 현재의 나를 위축시키지 말라고, 지금까지 그래 온 것처럼 자신을 믿으면서 살아가면 인생은 나쁘지 않을 거라고 말이다. 막연하게 들릴 수도 있는 말이었지만, 이어지는 말을 듣고 아차 싶었다.

"우리가 휴대폰을 충전하려고 콘센트에 플러그를 꽂을 때 충전이 될지 안 될지 의문을 갖고 하는 것이 아니잖아. 어차피 충전될 걸 믿고 있으니까 아무런 의심 없이 그냥 꽂는 게 아니겠어?"

맞는 말이었다. 아직 나의 계절이 오지 않았을 뿐, 시간은 계속 흘러가고 계절은 계속 바뀌어 간다. 차디찬 겨울이 지나면 따뜻한 봄이 오고 꽃을 피우듯, 언젠가 나의 계절에서 꽃피울 때 가장 아름다운 꽃을 피우리라는 믿음 하나만으로도 오늘을 살아가는 데 부족함이 없다.

지금의 나 자신을 믿어보기로 한다.

하루하루 열심히 살아가다 보면 어느 순간,

내 삶에도 꽃이 피고 열매를 맺게 되겠지.

4. 달라도 틀리지는 않아

내가 바라보는 거울 속의 내 얼굴이 아닌,

사람들의 눈에 비친 내 얼굴은 어떤 모습일까.

정식 출근을 하기 전에도 일 때문에 종종 서울에 있는
회사를 방문하곤 했었다. 주로 버스와 지하철을 이용했
는데 출퇴근시간에는 언제나 사람들로 미어터졌다.

한번은 이런 적이 있었다.

늦은 시간까지 미팅을 하는 바람에 자정이 가까운
시간에야 지하철역에 들어설 수 있었다. 카드를 찍고
승강장으로 내려왔다. 계단을 내려오자 늦은 시간에
도 불구하고 통로를 가득 메우고 있는 사람들을 보고

흠칫 놀랐다. 허겁지겁 나도 그 대열에 합류했다. 열차를 기다리는 동안 여느 사람들과 비슷하게 휴대폰을 보며 시간을 때웠다. 한 5분쯤 지났을까? 열차가 들어오고 있다는 반가운 안내 방송이 들려왔다. 승차를 준비하려고 앞으로 천천히 걸어갔다.

열차 안도 승강장과 마찬가지로 사람들로 빈틈없이 꽉 차 보였다. 그래도 나까지는 탈 수 있겠거니 싶었다. 내 뒤에도 여럿 사람들이 서 있었다. 그 사람들도 지하철에 몸을 싣기 위해 가차 없이 앞사람들을 밀어붙였다. 내 차례가 되어 열차에 발을 딛는 순간 억 소리가 났다. 정신을 차려보니 샌들을 신고 있던 내 발이 사람들의 발길에 채여 발톱이 부러져 피가 나고 있었다.

북새통의 열차 안에서 어쩔 도리 없이 이를 악물고 통증을 참았다. 그 새끼발톱이 아물기까지 꽤나 오랜 시간이 필요했고, 딱지 앉는 데를 볼 때마다 그날의 기억이 떠올랐다. 지금은 많이 익숙해지기도 했지만 늘 사람들로 분주한 서울의 지하철은 아직도 그리 유쾌한 공간이 아니다.

사실 이런 만원 지하철을 아침저녁으로 경험하는 사람으로서 아쉬운 부분이 참 많다. 이를테면 문이 열리는 입구에만 사람들이 유독 몰려 있는 것. 안쪽으로 들어가면 비교적 사람들이 여유롭게 서서 갈 수 있다. 당장 내려야 하지 않는다면 옆 사람을 배려해, 조금 안쪽으로 이동할 수도 있을 텐데 말이다. 허나 이건 그저 내 생각일 뿐 입구는 언제나 요지부동, 사람들도 득실거린다.

어쩌다 운 좋게 자리에 앉게 되면 그것만으로도 행복하다. 어깨를 부대끼며 묵묵히 불편을 감수하고 가는 사람들의 사정이 남의 일로만 여겨지니 나 또한 다른 사람들과 별반 다를 게 없다. 그럼에도 이렇게 앉아서 가는 행운을 만끽하는 날에도 간혹 곤란한 상황이 닥칠 때가 있다. 서너 명 뒤쯤에 노약자나 임산부가 서 있을 때. 물론 비교적 한산한 상황이라면 이분들에게 자리를 양보하는 게 어려운 일이 아니다.

"할머니 여기 앉으세요."

자리에 앉으실 때 살짝 머금는 미소를 볼 때면 별것
도 아닌 일로 하루 종일 마음이 넉넉하고 기분마저 좋
아진다. 당연한 일인데도 말이다.

그러나 만원 지하철에는 자리를 양보해드리려 일어
서는 것조차 쉽지 않다. 그래도 어쩌겠나. 양보하려
일어나야 마음이 더 편한 것을. 이런 경우엔 목소리를
조금 키워야 한다.

"저기요. 할머니이~"

한번은 이런 적이 있었다.

그날은 퇴근시간에 강남 쪽을 지날 때라 지하철 안이 사람들로 가득했다. 다리가 저려올 무렵 앞에 자리가 나서 앉았는데 두 정거장을 지나자마자 앞에 백발의 할아버지가 한 분이 보였다. 어르신께 자리를 양보해드리겠노라고 말을 전하곤 몸을 일으켜 엉덩이를 떼려는 순간, 할아버지 옆에 있던 한 젊은 남성이 시큰둥하게 혼잣말을 내뱉었다.

"어휴 노인네 그냥 서서 가면 어디 덧나나!"

아마 할아버지가 자리를 바꾸는 와중에 자기도 몸을 비켜줘야 하는 게 귀찮았던 모양이다. 작은 목소리였으나 아무리 노인네라고 해도 바로 옆에서 들리는 소리를 놓칠 리 없다. 할아버지께서 흠칫 하셨고 나도 얼굴이 화끈거렸다. 그와 눈이 마주쳤다. 그의 얼굴은 아무렇지도 않은 듯 태연자약했다. 기가 찼다.

간혹 이런 어처구니없는 인성을 갖고 있는 사람들을 목격할 때면 참 안타깝다. 미어터지는 사람들로 공기까지 후끈한 상황에서 어느 누구 하나 편할 리 없다. 내가 그런 것처럼 남들도 불편을 견디고 있다는 걸 안다면, 조금씩 양보하고 배려하는 게 당연한 일인데 말이다.

누구도 속절없이 지나가는 세월을 거부할 수 없다. 그 젊은 남성도 언젠가는 자신이 퉁명스럽게 내뱉었던 말을 들어야만 하는 날이 찾아온다. 훗날 본인에게 이와 같은 일이 생길 거라고 상상했다면 쉽게 그런 말을 내뱉진 못했을 텐데….

가끔은 오로지 자신밖에 모르는 이 삭막해진 사회가 부끄럽고 걱정된다.
나도 조금은 어른이 된 걸까.

보
이
지
않
는
칼

지금 우리가 살아가고 있는 현대 사회에서 빼놓을 수
없는 게 바로 소셜 네트워크 서비스, 줄여 SNS. 시시각
각 SNS에서 올라오는 글들에 눈길이 사로잡히고, 그
안에서 세상의 모든 정보가 소비되는 듯한 느낌.

영국 프리미어리그 축구팀 맨체스터 유나이티드를
오랫동안 이끌었던 거장 알렉스 퍼거슨이 했던 유명한
말이 있다.

"SNS는 인생의 낭비다."

나 또한 그의 말에 공감한다. SNS를 통해 타인의 삶과 사회를 이해하고 인생의 기준점을 마련한다면 큰 문제라고 생각한다.

　　누군가 나한테 그렇게 생각하면서 당신은 왜 SNS를 하고 있느냐고 물어본다면 이렇게 말하고 싶다. 변명으로 들릴 수밖에 없겠지만 내 글을 좀 더 많은 독자분들에게 보여드릴 수 있는 유일한 수단이기 때문이라고.

　　SNS를 통해 누군가와 연결되고, 그 안에서 생면부지의 사람들이 살아가는 삶을 은밀하게 엿보게 된다. 물론 그러한 관음을 막을 수도 없는 것이고, 그 관음이 주는 쾌락이란 것도 인정할 수밖에 없지만 간혹 눈살이 찌푸려지는 일도 허다하다.

　　단지 얼굴을 마주보고 있지 않다는 이유만으로 입에 담기도 힘든 말들을 아무렇지 않게 하는 사람들.

남에게는 상처가 될 수도 있는 말들을 익명이란 탈을 쓰고 내뱉는 저들의 삶이 가끔 궁금하기도 하다. 과연 저들의 마음에 죄책감이라는 게 있기는 할까?

남을 비난하고 모욕적인 댓글을 다는 것을 일컬어 악성 댓글, 줄여서 악플이라고 부르게 되었고, 이 악플은 이제 사회적인 문제로 대두되어 범죄로 취급받고 있다.

공동체보다는 개인이 우선시되고 SNS의 영향력이 광범위하게 확대되면서 이 문제는 걷잡을 수 없이 커지고 있다. 최악의 경우로 악성 댓글로 인해 자살하는 끔찍한 사건까지 벌어지고 있다. 악성 댓글이 당사자들의 삶은 물론 사회에 얼마나 큰 악영향을 끼치고 있는지 알 수 있다.

지하철을 탈 때면 흔히 볼 수 있는 광경이 있다. 아니 흔한 광경이라기보다는 이제는 일반적인 모습이라고 해야 하는 게 옳을 듯싶기도 하다.

자신의 휴대폰에 시선이 고정된 채 때때로 손가락만 바쁘게 움직이는 사람들.

물론 극히 드물겠지만, 저렇게 평범한 행색을 갖춘 사람들 중에도 얼굴을 마주보지 않는다는 이유만으로 입에 담기도 힘든 말들을 뱉는 사람들이 있다고 생각하니 소름끼치는 일이 아닐 수 없다.

가끔 SNS에 올린 내 글에도 악성 댓글이 달릴 때가 있지만, 속이 배배 꼬인 사람들의 말은 귀담아 들을 필요도 없다고 생각한다. 그럴 때야말로 퍼거슨 경의 명언을 떠올리며 그들을 무시해버리는 편이다. 그래서 그 악성 댓글은 내 삶에 별 영향을 끼치지 않는다.

하지만 이런 나도 악성 댓글로 인해 힘들어하는 지인을 곁에서 오래 지켜본 적이 있다.

악성 댓글로 힘든 시간을 겪으며 그는 말했다.

"이건 보이지 않는 칼과 같은 거 같아. 치명적이고 때론 사람을 죽이기도 하니까."

거울 밖의 인상

얼마 전, 전주를 다녀왔다.

숙소를 카라반으로 예약했던 터라, 조용한 산속에서
고기나 구워 먹으며 편안히 쉬다 오자는 마음으로 떠
났다.

캠핑장과 조금 떨어진 곳에 마트가 있어서 시장을 보고 양손에 비닐봉지를 들고 택시를 탔다. 짐은 무거운데 날씨까지 더웠던지라 저 멀리서 다가오는 택시가 그날따라 유난히도 반가웠다. 반가운 마음에 웃으며 인사를 건넸지만, 백발에 선글라스를 낀 기사는 아무 대꾸도 없었다.

그의 냉담한 반응에 조금 당황해하면서 목적지를 말하였다.

그는 내 말이 끝나기도 전에 잔뜩 화가 난 목소리로 내게 쏘아붙였다.

"거기가 어디야!"

그가 뱉은 첫마디였다. 정말 무례했다. 기분이 상했지만 난 애써 차분하게 말을 건넸다.

"아, 제가 관광객이라 이쪽 지리를 잘 몰라서요. 지금 주소 찾아서 말씀 드릴게요."

주소를 말한 뒤 상한 기분을 애써 누르며 다시 목적지를 설명했다.

"여기로 가주시면 될 거 같아요."

하지만 그는 아까보다 한껏 더 짜증이 묻어나는 목소리로 말했다.

"아, 귀찮네. 네가 휴대폰으로 내비게이션 찍어."

그의 말을 듣는 순간, 내 귀를 의심하지 않을 수 없었다. 이건 내가 생각하는 불친절의 수준을 넘어 모욕감마저 들게 만들었다. 화가 치밀었다. 아무리 자기보다 어린 사람이라 할지라도 무턱대고 반말과 짜증으로 응수하는 그 택시 기사의 차를 타기 싫었다.

"아, 그냥 여기서 내려주세요."
"아이 씨, 그래라 뭐."

분노를 주체할 수 없었던 탓인지 내리는 도중 다리가 풀려 그 자리에서 넘어지고 말았다. 몸을 일으켜 세우고 차 문을 닫자, 백발의 택시 기사는 기다렸다는 듯이 떠나버렸다.

화가 나서 얼굴이 화끈 달아올랐다. 너무 어이가 없었다.

가까스로 마음을 추스르려는데 바로 뒤에 다른 택시가 오자, 나도 모르게 손을 흔들었다. 방금 전 택시 기사와의 불쾌한 기억 때문에 바로 택시 타기가 꺼려졌지만 두 손에 든 짐을 생각하면 어쩔 수 없었다.

"안녕하세요."
"예. 안녕하세요. 어디로 가십니까?"

너무 당연하게 주고받는 인사말이지만 두 번째 탄 택시 기사의 친절한 인사말을 듣자 아까 받은 상처가 조금은 위로 되었다.
이전과 똑같이 목적지를 설명한 뒤, 창밖을 바라보았다.

"무슨 일 있어요? 얼굴이 왜 그렇게 안 좋으세요?"

택시 기사가 말을 건넸다.

그의 살뜰한 말투에 나도 모르게 아빠한테 고자질을 하는 어린아이 마냥 아까 있었던 일을 주절주절 설명했다.

내 이야기를 자못 심각한 표정으로 듣던 그가 입을 열었다.

"아이쿠… 그런 싸가지가 있네…."

그러곤 웃으며 다시 말했다.

"저는 친절합니다."

그의 말에 나도 웃음을 지었다.

룸미러로 택시 기사의 얼굴을 보니, 중학교 시절 늘 인자하셨던 담임선생님의 얼굴이 어렴풋이 떠올랐다. 그렇게 그 택시 기사와 두런두런 이야기들을 주고받았다. 대화를 하는 내내 목적지가 다가오는 것이 아쉽게 느껴질 정도였다.

사람의 얼굴엔 그 사람이 살아왔던 지난날이 담겨 있다곤 한다. 한평생 짜증을 내며 살았던 사람에게 나타나는 인상과 늘 인자하게 웃으며 살았던 사람에게 나타나는 인상은 확연히 차이가 있지 않을까.

상대방과 대화를 할 때 짜증 섞인 말투로 말을 건넨다면 반가워할 이는 아무도 없다. 반대로 상대방을 존중하며 친절하게 말을 건넨다면 듣는 이에게 좋은 인상을 심어주기 마련.

아마 그날 난, 두 인상을 모두 경험했던 거 같다.

사람의 인품은 말과 행동이 비로소 갖춰졌을 때 완성된다고 느껴지는 날이었다.

내가 바라보는 거울 속의 내 얼굴이 아닌,

사람들의 눈에 비친 내 얼굴은 어떤 모습일까.

조금은 천천히 지나가도 괜찮을 텐데, 하는 생각이 든다.

시간은 다시 돌아오지 않는다. 이 시간들이 지남으로써 우리의 나이는 하나둘 더해진다. 모든 게 너무 빨리 변해간다. 슬라이드폰이 나왔다며 호들갑 떤 게 얼마 지나지도 않았는데 이미 모두의 손에는 스마트폰이 쥐어져 있다. 한때 2G폰으로 인터넷으로 검색을 하면 요금 폭탄을 맞는다는 소리를 들었지만 오늘날엔 스마트폰으로 인터넷을 할 수 없는 상황을 상상조차 하지 못한다.

가끔 아날로그 시대로 돌아가고 싶기도 하다. 분명 지금 살아가는 환경보다 불편한 구석이 한두 가지가 아닐 테지만, 마음 한구석에 설렘과 여유 같은 행복이 있을 테니 말이다. 공중전화에 동전을 넣으며 통화를 하고, 사랑하는 사람에게 한 땀 한 땀 정성 들여 편지를 쓰고, 답장을 기다리며 설렘을 안고 집배원 아저씨를 기다리는 일….

빠르게 변해가는 시대. 자고 일어난 사이에도 새로운 전자기기들은 계속해서 쏟아져 나온다. 급격히 변해가는 사회는 시대에 핑계를 대어 나의 변화를 요구한다. 우린 아직 보고 느껴보지 못한 것들이 즐비한데….

소셜네트워크가 발달된 요즘은 너무 불필요한 것들을 보고 듣고 알아가게 된다. SNS로 엿볼 수 있는 이름 모를 사람들의 사는 이야기들. 분명 좋은 자극보단 나쁜 자극이 더 뒤따른다. 그러한 것들과 접할 때면 그들의 삶과 나의 삶을 비교하게끔 된다. 자칫하면 자신의 생활을 한탄하며 우울함마저 든다.

모든 음식이 세상 태어나서 처음 먹는 것인 어린아이에게 '넌 왜 이렇게 밥을 늦게 먹냐'며 다그치고 '넌 왜 옆집 누구처럼 매운 걸 먹지 못하냐'고 고함치는 것이 과연 옳은 것일까. 생각이 많은 밤이다.

생각의
차이

생각의 차이는 다양하다.

똑같은 사물을 두고도 어떻게 바라보느냐에 따라 달라질 수 있는 것.

이곳은 대구에 위치한 어느 카페다. 테이블에 주문
한 음료가 나왔다. 찻잔을 넘어 컵 받침까지 흘러내리
고 있는 휘핑크림은 시선을 사로잡는다. 마치 용암이나
폭포와 비슷해 보인다. 이 음료가 카페 입장에선 야심
차게 준비한 멋스러운 데코일 수 있다. 바리스타는 이
러한 생각으로 음료를 준비한 걸 수도 있겠다.

하지만 테이블에 나온 음료를 보고

'이게 뭐야! 지저분하게! 입을 어떻게 대고 마셔? 손도 씻어야겠네….'

이렇게 생각한 사람이라면 이 음료는 불편하기 짝이 없다.

반대로

'오 되게 예쁘게 나왔다! 먹기 아까우니까 사진부터 찍고 손에 묻으니까 빨대로 마셔야지.'

이렇게 생각한 사람이라면 그날 이 음료는 최고의 음료가 된다.

바리스타의 마음을 이해하고 헤아린 사람인 것이다.

상대방의 마음을 조금 헤아리게 된다면 세상은 보다 더 아름답게 보일 수밖에 없다.

아르바이트 한 번쯤 안 해본 사람이 없을 정도로 오늘을 살아가는 20대의 일상은 팍팍하다.

하루하루의 식비부터 학자금 대출에 월세까지, 기초적인 생활에 필요한 비용만 해도 만만치 않다. 대부분의 20대가 부모님께 의지할 수만은 없는 형편이기에 돈벌이 수단이 필요하다. 아직은 번번한 직장을 잡기도 어려운 나이. 나도 아르바이트로 하루하루를 건사해야 했던 때가 있었다.

게장 정식을 파는 식당이었다. 평소에도 손님이 많은 가게이지만 공휴일에는 사람들로 미어터진다. 휴일이라고 해도 시급은 똑같은데 말이다. 왠지 모르게 억울한 날. 손님들이 식사를 마친 자리는 난장판이다. 먹다 흘린 음식물이 테이블 주변에 마구 떨어져 있고, 뻘건 양념장을 잔뜩 머금은 휴지가 널브러져 있으면 그걸 치워야 하는 사람 입장에서는 정말 죽을 맛이다.

　'그래, 남의 돈 버는 게 그리 쉽지만은 않겠지.'

그렇게 쓴맛을 감내하며 넋두리처럼 혼잣말을 중얼거리곤 했다. 고생했던 만큼 그 시절의 기억은 몸과 마음에 각인되어 있다. 그 후로 식당이나 카페에 가면 일하시는 분들의 수고를 덜어드리려는 마음에 앉았던 자리를 깨끗하게 치우려고 애쓰는 편이다. 사소하기 짝이 없는 배려일지 모르겠지만 그 작은 배려 덕분에 손님이 떠난 자리를 정리하는 분들이 조금이나마 편해진다면 그러지 않을 이유가 없지 않은가. 누가 알아주진 않더라도 내가 썼던 자리를 깨끗이 비웠다는 사실에 자족감을 느끼니 나쁘지 않은 일이다.

　　얼마 전 퇴근을 하고 근처 삼겹살집에서 회식을 하였다. 배불리 먹고 후식으로 냉면을 주문하던 참이었다. 뭔가 어수선한 소리에 내 시선이 한곳으로 고정됐다. 손님에게 낼 된장찌개를 들고 가던 한 젊은 종업원의 걸음걸이가 심상치 않았다. 뚝배기 그릇이 뜨거웠던 모양이다. 입으론 연신 "아 뜨거워!"라는 말을 뱉으며 종종걸음으로 이동하였다. 저러다 뭔 일이라도 나

겠다 싶어 그의 움직임을 멀리서 위태롭게 지켜보던 찰
나 종업원이 된장찌개를 바닥에 쏟고 말았다. 다행히
그릇은 깨지지 않았다. 가게 주인도 황급히 다가오더니
바닥 닦으면 되니까 괜찮다며 그를 다독였다. 악덕업주
들이 판을 친다는 요즘 같은 세상에 흐뭇한 광경이다
싶어 안도를 했다. 그런데 아니나 다를까, 찌개를 쏟은
자리에서 조금 떨어진 곳에서 큰소리가 났다.

"아니, 지금 뭐하는 거야!"

가게에 있던 모든 사람들의 시선이 일제히 그쪽으로
쏠렸다. 나도 마찬가지였다. 한 중년 남성이 가족과 함
께 식사를 하는 중이었나 보다. 바닥에 놓인 남자의 구
두에 찌개 국물이 튀어 있었다.
종업원은 바닥을 청소하다 말고 그 남성에게 죄송하
다고 연신 허리를 숙였다. 그는 가게 주인을 불러 세우
더니 고함을 질렀다.

"여기 식당은 무슨 직원 관리를 이렇게 해? 찌개를 쏟았으면 그 주변부터 확인해서 물수건이라도 가져다 줘야 할 거 아니야!"

당황하는 종업원을 다독이며 가게 주인은 차분하게 말했다.

"미처 그 부분까지 생각하지 못해서 죄송합니다. 물수건을 바로 가져다드리도록 하겠습니다."

가게 주인의 태도는 시종일관 정중했다. 충분히 기분 상할 법한 말투의 큰 고함이었는데 말이다. 그만하면 일단락해도 될 법한 상황이었다. 하지만 그 남성은 아직도 분이 풀리지 않은 모양인지 가게 주인에게 한 번 더 고함을 지르며 말했다.

"뭐? 이미 구두 다 버려서 못 신게 생겼는데 죄송하단 말 한마디로 끝날 상황이야?"

글쎄. 구두를 못 신을 정도까지는 아닌 거 같아 보였는데 말이다.

남성은 가게 주인과 종업원에게 삿대질하며 말했다.

"너! 내가 누군 줄 알고! 이 구두가 얼만지는 알아?"

중년 남성이 누구인지는 전혀 관심이 없었지만, 언뜻 봐도 손님이라는 명목하에 저지르는 '갑질' 횡포가 극에 달했다. 그 남성과 함께 있던 일행들도 민망한지 그만하라고 말렸다. 상황을 지켜보던 식당 내 다른 손님들도 그 남성을 향해 곱지 않은 눈길을 보냈다. 남성은 그제야 주위 시선을 의식하였는지 목소리를 낮췄고, 일행과 함께 서둘러 식당을 떠났다. 종업원은 울음을 삼키며 가게 주인에게 머리를 조아렸다.

게장 정식집에서 일했던 시절이 떠올랐다. 아르바이트생이었던 내게 저런 일이 벌어졌다면…. 안타깝기 그지없었다.

자기 자식이 사회에 나가 이름 모를 사람에게 저런 포악한 수모를 당한다고 상상한다면 그 남성은 그렇게 행동할 수 있었을까. 눈앞의 종업원이 내 아이, 내 조카일 수도 있다는 생각을 가질 수는 없을까?

　보다 어른인 사람이 보다 어른다운 면모를 보여주는 세상. 내가 그런 어른이 될 수 있을까. 그런 세상을 만드는 데 일조할 수 있을까. 자신할 수는 없다. 하지만 삼겹살 가게에서 마주쳤던 그 남성을 떠올리며, 게장 정식집에서 일했던 내 한 시절을 기억하며, 적어도 내가 옳지 않다고 생각하는 사람의 모습은 닮지 않도록 노력해야겠다고 다짐한다.

리
더
의
덕
목

자정이 다 된 시간에 전화가 울렸다.

가깝게 지내는 지인의 전화였다. 오늘부로 회사를 퇴사했다고 했다. 그의 목소리에서 울먹이는 기운이 묻어났다. 지금 우느냐고 묻자, 너무 행복해서 운다고 했다. 그 회사를 통해 좋은 사람들을 너무 많이 알게 돼서 고마워서 그렇다고 했다. 이제 그곳에서의 경험을 바탕으로 사업을 시작하겠다고 했다. 나중에 같이 힘 합쳐서 대박 한번 내보자며 서로 약속하고 전화를 끊었다. 항상 투명하게 거짓 없이 나를 도와주었던 사람이었다. 나도 그에게는 신의가 있었다.

몇 달 지나지 않아 그와 같이 회사를 꾸리게 되었다. 컴퓨터와 필요한 물품들을 직접 사서 하나하나 들여놨다. 청소는 물론 온갖 잡일을 우리 손으로 하며 사무실을 마련하였다. 그렇게 꾸민 공간은 제법 그럴싸해 보였다. 불과 3개월이나 지났을까? 처음 세 명이서 시작한 사무실에 열댓 명이 넘는 사람들과 함께하게 되었다.

그가 직원들을 뽑을 때 가장 첫 번째 기준은 열정과 인성이었다. 그래서 그런지 사무실 분위기는 늘 화기애애했다. 그는 실질적인 회사 대표였지만 아침에 회의를 할 때면 언제나 상대방에게 말을 높였고, 상대의 생각을 존중했다. 항상 낮은 자세로 직원들에게 허리를 숙일 줄 아는 사람이었다. 나는 그런 그가 좋았다.

지인에게 또 다른 사업가를 소개받았다. 많지 않은 나이에도 불구하고 화려한 스펙을 자랑하는 사람이었다. 차를 한잔 같이하며 이런저런 이야기를 나눴는데 그는 내가 마음에 들었는지 첫 만남 이후로 나를 형이라고 부르며 곧잘 따랐다. 그와 몇 번 식사 자리를 가졌는데, 만남이 거듭될수록 내 가치관과는 맞지 않는 사람이었다. 그가 뱉은 말이 얼마나 진정인지는 함부로 가늠할 수 없지만, 자신의 성과를 과하게 치장한다는 느낌을 지울 수 없었다.

어린 나이에 사업하기 힘들지는 않은지 묻자, 직원들이 열심히 일을 하지 않는다고 한탄했다. 직원들에 대한 비난이 한참 이어졌다. 그의 말을 들으며 속으로 절로 고개가 저어졌다. 나도 한 회사의 직원으로 일하는 입장으로서 직원을 그런 식으로 폄하하는 사람에게 신뢰가 가지 않았다. 그의 말이 이어졌다. 자기는 외부 미팅을 나갈 때면 화이트보드에 '밥값 못 하면 월급 삭감'이라고 적어둔다고 했다. 그 말을 듣는 순간 그와 더 이상 인연을 이어나가지 못할 것 같다는 확신에 찬 예감이 밀려왔다.

나와 같이 사업을 시작한 그는 어디에서도 남을 험담하지 않았다. 하지만 다른 사업가는 늘 뒤에서 누군가를 험담하고 다녔다. 발 없는 말이 천리 간다고 했던가? 그가 생각 없이 내뱉은 말은 다른 이들에게 빠르게 퍼져나갔고, 결국 그 말은 다시 그에게 돌아와 그는 직원들로부터 역풍을 맞았다. 이후 큰 곤욕을 치렀다는 소식을 들었다.

자리가 사람을 만든다고 한다. 하지만 아무리 높은 자리여도 주변 사람들로부터 믿음을 얻지 못하면 그 자리는 공들여 쌓아올린 모래성과 다름없다. 비바람이 한 번 불어오면 언제 무너질지 모를.

그에 반해 겸손은 언제나 배신하지 않는다. 겸손이 몸에 밴 사람들은 어떤 위치에 있어도 자신의 근본을 잃지 않는다. 그리고 그런 이들과는 만남은 물질적인 결실 이전에 나에게 행복감을 준다.

주변 사람들의 믿음은 한번에 쌓이는 게 아니다. 말과 행동을 통해 차곡차곡 쌓이는 것이다. 사업은 신뢰를 바탕으로 한다. 그렇기에 상대를 배려하는 겸손한 자세야말로 리더의 필수적인 덕목이 아닐까.

이
기
적
인
마
음

새벽 2시. 친구가 울면서 전화를 걸어왔다.
눈물과는 전혀 어울리지 않는 녀석인데 무슨 일이 있
었던 걸까. 그가 흐느끼며 말을 건넸다.

"나 너무 힘들다."

새벽에 무슨 곡절이 있어 그러느냐고 묻자, 그는 그동안 자신이 겪은 일을 설명했다. 내용은 대략 이렇다. 일 년 조금 넘게 교제해온 사람이 있는데 어느 순간 그녀한테 싫증을 느꼈다고 한다. 예전 같으면 업무 시간에도 쉬지 않고 연락하며 서로의 안부를 묻곤 했는데 어느 순간 모든 게 다 귀찮아졌다. 그렇게 그녀와 같이 있는 시간보다 다른 이들을 만나는 게 더 즐거웠고, 시간이 갈수록 만남의 횟수는 줄어들었다. 그 과정을 지켜보던 상대방은 점점 지쳐갔다. 결국 친구는 이별 통보를 받았다. 그렇게 질려 했던 그녀인데, 헤어지고 나자 갑자기 그녀의 빈자리가 너무 크게 느껴진다고 했다. 친구는 지난날 자신의 행동들이 후회된다며 눈물을 흘렸다.

　　친구에게 자초지종을 듣는 내내 마음 고생하는 친구가 안쓰러우면서도 한편으로는 친구의 옛 연인이 옳은 선택을 했다는 생각에 고개를 주억거렸다.

차갑게 들릴 수 있겠지만 친구에게 "네게 남은 몫은 헤어진 그분의 행복을 기도하는 것밖에 없다."라고 말했다.

자신이 상대의 마음을 소홀히 여겨 이별을 맞게 되고는 뒤늦게 상대방을 그리워하는 건 정말 어리석은 일이다.

애초에 있을 때 잘해야 한다. 이미 상대의 마음이 떠나버린 뒤라면 누굴 탓하겠는가. 아무리 자신의 마음이 아프다고 울며불며 남들에게 하소연해도 달라지는 건 없다. 변해가는 연인을 지켜보며 아파했던 한 사람의 마음은 날이 밝아도 언제나 새벽에 머물렀을 테니. 사랑하는 사람의 소중함을 저버린 이는 어리석게도 상대가 곁에 있을 때는 그 가치를 모른다. 그것이 인생에서 가장 큰 축복이었다는 것을 말이다. 떠나간 이를 그리워하는 사람의 마음 한구석은 언제나 쓰리다. 결핍으로 인해 마음이 쓰린 것은 엉뚱한 곳에서 행복을 찾으려했던 미련함의 결과다. 우리가 느낄 수 있는 가장 큰 행복은 늘 가까운 곳에 있는데도 말이다.

자기가 놓아버린 마음을, 놓고 나니 아쉬운 마음에 다시 돌려받고 싶어 하는 마음이야말로 이기적인 마음이 아닐까.

이
시
대
의 김
과
장

드라마를 몰아서 보는 편이다.

아무리 재미있다고 소문이 자자한 드라마여도 완결이

될 때까지는 챙겨 보지 않는다.

좀 특이해 보일 순 있지만 이에 확실한 나름의 이유가 있다. 요즘 드라마는 궁금증을 유발시키는 장면에서 흐름을 끊고 다음회로 이어간다. 마치 '그래도 안 볼 거야?'라고 묻는 듯하다. 난 그 킬링 파트가 끊기는 걸 좋아하지 않는다. 사실은 다음 이야기를 기대하며 일주일을 기다릴 자신이 없다. 그래서 언젠가 보고 싶었던, 또는 세간의 화제를 집중시켰던 드라마는 기억해두었다가 날을 잡아 전편을 몰아서 보곤 한다.

최근에 감명 깊게 본 드라마는 〈김과장〉이라는 드라마다.

이 드라마는 세대 구분 없이 큰 관심과 공감을 이끌어냈다. 드라마가 방영중일 때는 물론이거니와 종영하고 나서도 수많은 기사들이 쏟아져 나왔다.

한 인터넷 포털사이트 메인을 차지하는 기사 중에 이런 헤드라인이 있었다. '우리들의 김과장 그리울 거예요. 덕분에 행복했습니다.' 참 인상 깊었다. 기사의 댓글을 찬찬히 살펴봤다. "많은 직장인들의 애환을 녹인 인생 드라마", "막혔던 속을 뻥 뚫어주는 사이다 같은 드라마" 등 한결같은 찬사들이 댓글 창에 가득했다. 아, 이 드라마는 언젠가 꼭 한번 봐야겠다 싶었다.

드라마의 전반적인 줄거리는 이렇다.

한때 모 방송 프로그램에서 암산 신동이라는 타이틀을 거머쥔 김성룡. 그는 군산 시골에서 자라나 지역 내의 한 조폭과 동업을 한다. 그가 맡은 일은 회계 업무다. 주로 업주 몰래 상인들에게 뒷돈을 요구하고 횡령하며 사는, 소위 말해 '양아치'다. 그런 그가 운 좋게 서울의 한 대기업 경리팀 과장으로 입사하게 된다. 크게 한탕해서 돈을 모아 해외의 먼 곳에서 자유롭게 살겠노라는 흑심을 품고 회사 생활을 시작한다. 회가 거듭할수록 김성룡의 이미지는 초반의 양아치 같은 모습에서 점점 멀어져간다. 회사 생활을 하면서 어쩌다 주변의 소소한 어려움들을 해결해가다 보니 사회의 옳고 그름에 대해 눈뜨게 되고 마침내 정의를 실현하는 사람으로 바뀌어간다는 이야기다.

사실 기본적인 서사 말고도 극의 흥미를 유발시키는 주변 요소들은 너무나도 많지만 그걸 줄줄이 다 옮길 수는 없는 노릇.

드라마 중반부쯤 되었을까? 김과장이 돌아가신 아버지에게 하는 말이 있다. 처음엔 별 생각 없이 듣고 있었는데 이내 그의 대사가 내 가슴을 후려쳤다. 대사가 끝난 뒤에도 그가 한 말이 계속 머릿속을 맴돌았다. 그 부분을 다시 돌려 보며 노트에 적었다.

"아버지, 저 정말 미친 거 같아요. 저 정말 통제가 안 돼요. 예전엔 피해가면서 살았는데 요샌 자꾸 부딪히면 서 살아요. 그리고 웃긴 게 하나도 아프지가 않아요. 피 해가면서 살았을 땐 맨날 춥고 아리고 그랬는데…. 나 미친 거 맞죠?"

주옥같은 대사였다. 마치 나 들으라고 하는 소리 같 았다. 화면 속 김과장이 나를 빤히 쳐다보며 "그래! 너 들으라고 한 말이야!" 하는 모습이 자꾸 눈에 어른거 렸다. 이 대사가 바로 시청자에게 던지는 숨겨진 메시 지구나 싶었다. 이후에도 드라마 속 김과장의 말들은 뜨겁게 내 가슴을 울리며 나의 지난 행적들을 되돌아 보게 했고, 용기를 주었다.

김과장의 대사에 크게 공감했지만 사실 그와 나는 공통점이라곤 없는 전혀 다른 사람이다. 직업, 나이,

성격 등 같은 구석이라곤 도저히 찾아 볼 수 없다. 다만 그가 회사에서 겪는 내면의 갈등과 극중에서 순간순간 드러나는 마음이 내가 일상 속에서 겪는 감정들과 비슷했다.

드라마 〈김과장〉이 시청자들의 공감을 일으키는 가장 큰 요소는 극의 배경이 우리가 살아가고 있는 사회와 판박이라는 점일 것이다. 뿌리치기 힘든 유혹이 늘 넘쳐나는 세상. 그렇게 눈앞에 어른거리는 유혹에 굴복해 오직 자신만 생각하며 살아가는 사람들. 꿈과 이상을 위해 도전해보기도 전에 지레 겁부터 먹고 포기해버리는 군상들.

지금도 우리 사회에는 드라마 초반의 김과장처럼 살아가는 사람들이 셀 수 없을 정도로 많을 것이다. 아마도 사회의 일원이 되는 순간부터 우린 김과장으로 살아가게 되는지도 모르겠다. 모른 척 피해갈 수도 있는 일을 기꺼이 부딪치면서 사는 것이 버겁고 고통스러운 일이라는 걸 누가 모르겠는가.

다만 옳다고 믿는 가치를 위한 순간의 작은 용기가 언젠가 나의 삶을 크게 바꿀지도 모르는 일이다. 적어도 그렇게 믿는 사람만이 이 시대의 김과장이 될 수 있지 않을까.

변덕이란 게 어떻게 보면 사람의 본성인지도 모르겠다.
계절의 영향을 받을 때마다 더욱 그렇다. 무더운 여름
날에는 쌀쌀한 겨울바람이 생각나고, 추운 겨울에는
뜨끈한 여름 햇살이 그립다.

올해 7월은 38년 주기의 가뭄과 128년 주기의 대
가뭄이 겹치는 해라 무척이나 더울 것이라고 했다. 나
역시도 더위를 많이 타는 편이라 비 한번 시원하게 내
려주었으면 좋겠다고 생각해왔다. 그런데 막상 장마
철에 접어들어 비가 퍼붓자 시원함을 느끼기도 전에
불편해지기 시작했다.

식사를 마치고 밖으로 나서니 공기가 무척 습하고
꿉꿉했다. 그날따라 신경 쓰이는 일들이 많아 불쾌지

수가 급격히 높아졌다. 사람 마음은 언제나 환경에 따라 이랬다저랬다 변덕을 부린다. 분명 며칠 전까지만 해도 그렇게 간절했던 비가 이렇게도 달갑지 않게 느껴지다니.

누구라도 변덕이 심한 주변 사람 때문에 고충을 경험한 적이 있을 것이다. 언젠가 친구와 저녁을 먹기로 한 날이었다. 약속 장소는 홍대 근처였다. 퇴근 준비를 마친 다음 서둘러 지하철을 타고 홍대로 향했다. 약속 시간보다 여유롭게 출발한 덕에 카페에 먼저 도착해 원고를 수정하며 친구를 기다렸다. 만나기로 한 시간이 되기까지 10분 정도 남았을 때였다. 친구에게 전화가 왔다.

"어디야?"

"나 지금 홍대 근처 커피숍이야."

"벌써 도착했어? 아니, 사실은 강남에서 일을 봤는데, 이 근처에 맛집이 많다고 해서 여기서 보려고 했지."

그의 말을 듣고 순간 화가 났다. 약속 시간 10분 전에 연락해서 고작 한다는 말이⋯. 분명 친구는 홍대로 넘어오기 귀찮았던 모양이다. 마음을 가다듬고 대화를 이어갔다.

"그럼 내가 강남으로 갈게. 집도 그 근처가 가까우니까."

"아, 미안해서 어떡하지⋯."

약속 장소를 변경하고 싶으면 진작 말을 해줘야 되는 것이 아닌가?

별말 않고 가겠다고 하고 전화를 끊었다.

자취집이 홍대보다는 강남에 가까우니 진즉 연락을 해주었으면 더 좋았으련만. 다시 지하철을 타고 왔던 역들을 거슬러 강남으로 향했다. 퇴근시간이라 지하철은 몹시 붐볐고 가는 길 내내 마음이 편하지 않았다. 한참 만에야 약속 장소에 도착해 겸연쩍어하는 친구의 얼굴을 보자마자 "오늘 밥값은 네가 내!" 하며 큰소리를 쳤다.

분명 친구도 악한 의도로 약속 장소를 바꾼 건 아닐 거다. 단지 귀찮았을 뿐. 친구 딴엔 그저 자신에게 편한 상황을 선택했던 것뿐이지만, 자신의 변덕으로 인해 상대방의 동선이 뒤죽박죽이 될 수 있는 상황을 미처 가늠하지 못했던 것이다. 약속이란 건 나와 타인 사이의 일이니, 조금이라도 상대방을 배려했다면 미리 연락을 하는 게 당연한 일일 텐데 말이다.

변덕을 부리더라도 그 일이 단지 자신만의 일이라면 아무 상관이 없다. 하지만 자신의 변덕으로 주변 사람이 피해를 볼 수도 있다면 처음 약속한 것을 지키기 위해 노력해야 한다. 여러 사람과 함께하는 일에 변덕을 부리고 싶은 것은 어쩌면 그 배경에 이기심이 도사리고 있기 때문인지도 모른다. 설령 그 변덕으로 인해 새롭게 좋은 아이디어를 제안하는 상황이라고 해도, 사전에 충분한 시간을 두고 상대에게 동의를 구하는 것이 예의일 것이다.

자신의 이기심을 다스리지 못하고 변덕을 부린다면 그건 어떤 핑계를 대든 결국 타인에 대한 배려가 부족한 것일 뿐이다.

덕업일치란 한 분야에 깊이 파고드는 '덕질'과 직업이
일치했다는 의미다. 소위 말하는 '덕후' 중에서도 관
심사를 자신의 직업으로 삼은 사람들을 일컫는다.

　누가 나에게 어떤 분야의 덕후냐고 묻는다면 글쓰
기 덕후라고 대답해야 할 것이다. 나는 글쓰기를 어릴
적부터 좋아했다. 거창하게 글을 쓴다고 표현하기보
단 그저 내 생각을 글자로 적어 내려가는 걸 좋아했다
고 말해야 더 맞겠다.

처음 글자를 적어본 것은 '올림포스 가디언'이라는
지능계발용 CD 게임에서 우연히 메모장 기능을 발견
했을 때였다. 부모님이 크리스마스 선물로 사주신 게
임이었는데, 나는 게임보다 메모장에 내가 글자를 쓰
는 것이 더 재밌었다. 그때부터 그냥 좋아서 글쓰기를
시작했던 것 같다.

초등학생 때는 일기를 쓰는 것보다 가상의 이야기
를 짓는 걸 더 좋아했다. 한번은 좋아하던 걸 그룹의

팬 카페에 팬픽을 연재하면서 정회원에서 특별회원까지 승격된 적이 있었다. 어린 나에게 특별회원이란 직함은 정말 짜릿했다. 당시 팬픽에서 유행하던 다소 읽기 불편한 수위 높은 로맨스 소설이 아닌, 내가 가상의 매니저가 되어 겪는 일상을 그린 1인칭 소설이었다. 순수한 팬심으로 가득 찬 소설이었던 걸로 기억한다. 비록 아무도 댓글을 달아주거나 추천을 해주진 않았지만 그래도 결과물에 대한 만족감은 있었다.

그렇게 글쓰기에 재미를 들이고 하루에 일어난 일들을 글로 기록하는 습관이 있었던 덕분이었을까. 중고등학교 때는 따로 글쓰기를 배운 것도 아니었는데 교내외 백일장 등 글짓기 대회에서 제법 많은 상을 받았다. 하지만 이때의 글쓰기는 단지 내가 흥미를 느끼는 일에 조금 더 관심을 갖고 노력했던 것이었을 뿐, 그 이상도 이하도 아니었다.

시간이 훌쩍 지나 성인이 된 나는 첫 책을 출간하게

되었다. 책이 출간되고 처음으로 맞는 설날 명절에 오랜만에 만나는 친척들에게 책을 선물했다. 어깨에 힘을 꽉 실어넣고 사인까지 해주면서 말이다.

그런데 식사를 끝내고 다과를 즐기던 중에 갑자기 작은아버지께서 나를 불러 말씀하셨다.

"우리는 일상에 지쳤을 때 저마다 좋아하는 일을 찾게 되는데 거기서 얻는 만족감은 상당히 중요한 거야. 그런데 좋아하는 일이 본업이 되어버린다면 정작 쉬어야 할 때 쉬지 못할 수도 있어. 이전보다 그 일에 흥미도 못 느끼고 오히려 그 일이 네게 스트레스로 다가올 수 있겠지. 너도 알겠지만 작은아버지 같은 경우엔 테니스 치는 걸 좋아하는데 이걸 직업으로 삼게 돼버리면 더 이상 흥미를 느끼지 못하게 될 거야. 오히려 남들보다 잘해야 된다는 강박 때문에 테니스를 칠 때마다 행복하지 않겠지. 그래도 기왕 작가로서의 삶을 시작했으니 한번 열심히 해보거라. 넌 아직 젊고 앞날이 창창하잖아."

다른 분들은 너나 할 거 없이 칭찬을 해주기에 바빴는데, 작은아버지만큼은 조카에 대한 진심 어린 염려와 응원을 담아 말씀하셨다. 사실 당시엔 이 말이 잔소리처럼 느껴지기도 해서 조금 이해가 되지 않았지만, 시간이 지나면서 그 말을 곱씹어볼수록 그게 작은아버지의 마음 깊은 곳에서 우러나온 조언이었다는 걸 알 수 있었다.

요즘 들어 부쩍 작은아버지의 말씀이 뼈저리게 다가온다. 그런 날에는 키보드를 두들기는 일조차 진절머리가 나 노트북을 덮어버리고 만다. 더 이상 생각을 글자로 풀어 쓸 수 없을 땐 모든 걸 내려놓고 하루쯤 아무것도 하지 않는다. 그럴 때면 충분한 휴식을 취해야 한다고 생각하지만, 다음엔 어떤 주제로 글을 쓸지 머릿속으로 고민을 그만두지 못한다. 이런저런 글쓰기에 대한 생각을 하다 잠드는 날이 대부분이다.

덕업일치.

어떤 직업을 갖든 어려움은 늘 있기 마련이다. 하지만 적어도 하고 싶은 일을 하면서 살면 삶의 만족도가 무척 높을 줄 알았다. 좋아하는 일로 수입을 벌 수 있다면 힘들어도 괜찮은 삶일 것이라 생각했다. 하지만 직업의 문제는 그리 간단하지가 않다. 좋아하는 일이라도 하고 싶어서 하는 것과 해야만 하기 때문에 하는 것은 엄연히 다르기 때문이다.

이따금씩 일에 몰두하다가 내가 이 일을 진정 사랑하고 있는가 하는 의심과 회의가 몰려올 때면 창문을 열고 크게 심호흡을 하곤 한다. 글자를 적어나가는 것만으로 가슴 설렜던 처음의 마음을 떠올리며.

자기
관리

모든 일은 자기관리가 뒷받침되어야 가능하다는 말이
요즘 들어 절실히 느껴진다.

언젠가부터 약을 챙겨 먹기 시작했다. 예전에는 지독한 감기에 걸렸을 때도 약을 찾지 않았는데 말이다. 요샌 잇몸이 아프든 허리가 쑤시든 면역력이 떨어지든 바로바로 보충제나 처방받은 알약을 먹는다. 사람마다 약의 효능은 다 다르기 마련이지만 나 같은 경우는 약을 먹으면 대부분 몇 시간 내로 효과가 바로 나타난다. 그래서 그런지 몸이 조금이라도 불편하면 약부터 찾게 된다.

누구나 중요하다고 생각하면서도 제대로 실천하지 못하는 게 바로 자기관리다. 직장 생활을 하는 사람들이 흔히 입에 달고 사는 말이기도 하다. 그러나 아무리 백날 말해도 그것의 절실함을 느끼지 못한다면 실천하기가 쉽지 않다. 물론 나도 그랬고, 지금도 그렇다.

자기관리란 비단 신체의 건강만을 이야기하는 것이 아니다. 자신의 역량과 내면을 가꾸고, 사회적인 관계를 꾸려나가는 모든 행위를 포함한다. 특히 사회생활을 하는 데 정말 자기관리만큼 중요한 것도 없다.

하루는 여러 사람들과 자리를 같이 한 적이 있었는데 그날따라 말수가 너무 적은 사람, 목소리가 지나치게 큰 사람, 대화의 분위기에 훼방을 놓는 사람, 상대의 말을 듣지 않고 오로지 자신의 이야기만을 줄기차게 늘어놓는 사람 등 다양한 사람들의 모습을 엿볼 수 있었다.

유난히 신경 쓰였던 한 사람은 자리의 분위기를 자신에게 집중시키려 애쓰는 사람이었다. 상대방이 말을 할 땐 적당한 호응과 공감을 표하는 게 기본 예의인데 그는 남이 말하고 있는 중간에도 불쑥 끼어들어 말을 잘랐다. 그런 일이 반복되자 사람들도 그 사람과의 대화에 흥미를 잃고 지루해하는 모습이었다. 그 자리에선 다들 내색하진 않았지만 그의 행동에 대해 모두 불편함을 억지로 견디고 있다는 걸 단번에 알아챌 수 있었다. 난 그런 그를 보고 눈치가 많이 부족한 사람이구나 싶어 가엾게 느껴지기까지 했다. 그는 사회생활을 위한 자기관리가 전혀 되지 않은 것이다.

자신의 문제점을 정작 자신은 잘 느끼지 못한다. 자신의 뒤통수를 자신만 보지 못하는 것과 같다. 자기가 사는 방식이야말로 가장 옳다고 자부하기 때문일 수도 있다. 그게 착각이란 걸 오직 자신만 모른다. 우리는 타인을 볼 때 그 사람의 장단점, 사람을 대하는 자세, 말 속에 숨겨진 의도 등 모든 것을 살핀다. 남들이 나를 보는 시선도 충분히 그럴 수 있다고 생각한다. 그래서 타인의 모습을 유심히 관찰하면서 그것을 거울삼아 내 모습을 고쳐나가려고 하는 편이다.

또한 자기관리에서 중요한 부분은 말을 조심하는 것이다. 내 입 밖으로 나가는 말들을 잘 관리해야 삶이 편해진다. 말 한마디에 천 냥 빚을 갚는다는 속담이 있을 정도로 말의 힘은 크다. 반대로 말 한마디에 천 냥 빚이 생길 수도 있기 때문에 말만큼 무서운 것도 없다. 하고 싶은 말이 있다고 다 할 것이 아니라 때론 속으로 삭일 필요도 있다. 내가 상대방에게 하고 싶었던 말들이 타인의 입을 거쳐 내 귀에 들어오는 일은 만들지 않겠다고 다짐한다. 말만큼은 철저하게 관리하려 애쓴다. 이런 식으로 자기관리를 하면 여러 사람이 모인 무리에서 가장 특출한 사람이 될 순 없어도 적어도 중간이라도 간다는 걸 새삼 느끼곤 한다.

동병상련의 정

한적한 어느 주말 오후 카페 한편에 자리를 잡았다. 주말 오후라 그런지 카페는 평소보다 붐볐다. 주문한 아메리카노를 들고 와 노트북 전원 버튼부터 눌렀다. 주변으로부터 다양한 소음들이 들려왔다. 마주한 이에게 침을 튀겨가며 열변을 토하는 남성, 누군가와 끊임없이 통화를 하고 있는 아가씨, 유난히 웃음소리가 크게 들리는 단체 손님, 그리고 드나드는 사람들의 발자국 소리. 수많은 소리들이 카페에 넘쳐흘렀다. 이 많은 사람들이 다 제각각의 이유로 카페를 찾아왔을 테니 참 다들 열심히 살고 있는 것 같아 보였다. 원래 주변을 신경 쓰지 않는 편인데도 오늘따라 내 귀는 소음들에 다소 예민하게 반응했다.

소음에 음악소리까지 섞여 집중이 잘 되지 않았지만 소음을 탓하며 멍하니 앉아 있을 만큼 한가하지도 않았다. 서둘러 밀린 작업들을 해야 했다. 틈틈이 아메리카노를 입으로 가져가며 다음 문장을 떠올리고 재빨리 손가락을 움직여 글을 이어나갔다. 그렇게 한 시간쯤 지났을까 몸이 찌뿌둥해 기지개를 켰다. 그 순간 누군가의 목소리가 귀에 꽂혔다.

펜을 바꿔가며 노트에 뭔가를 그리고 있는 건너편 자리의 여성에게 눈길이 갔다. 얼핏 받은 느낌으로는 일러스트레이터 같았다. 그럴 의사가 없음에도 그녀의 통화를 엿들을 수밖에 없을 만큼, 작업 중간중간에 다급하고 큰 소리로 통화를 했다.

"그래서 마감은 언제까지라고요?"
"갑자기 그렇게 추가로 작품을 더 요구하시면…, 아무래도 시간이 좀 더 필요할 거 같아요."

내가 알아들었던 말들을 토대로 나는 그녀가 일러스트레이터임을 확신했다.
마감에 쫓기는 듯 불안하고 초조해 보였다. 냉방시스템이 가동 중이었는데도 불구하고 그녀는 연신 이마에 맺힌 땀을 닦으며 그림 그리는 것에 열중했다.

남일 같지가 않았다. 한가로이 아메리카노를 홀짝거리며 그 광경을 지켜볼 순 없는 노릇이었다. 시간에 쫓기기는 나도 마찬가지였다.

　그럼에도 그녀를 통해 예상치 못했던 위로를 받았다. 오늘 처음 보았고 앞으로 마주칠 일도 없겠지만, 마감에 쫓기며 자신의 일을 꾸려가는, 얼핏 보면 나와 비슷한 방식으로 살아가고 있는 사람이 바로 내 앞에도 있다는 것에 대한 안도감이랄까.

　참 별것 아니긴 하지만, 그런 사람을 만나게 되면 말 한마디 나눠보지 않고도 친근감을 느낀다. 그래도 내가 살아가는 이 방식이 잘못된 건만은 아니라고 느껴지는 이 사소한 이유로 인해 다시 한 번 마음을 가다듬고 일에 몰두할 수 있었다.

　참 따뜻한 동병상련이다.

친구와 만나 근처 순댓국집으로 향했다. 평소 자주 가던 밥집이다. 이 집에 오게 되면 매번 뼈 해장국을 시켜먹곤 한다. 사실 순대국집보단 뼈 해장국집이라고 말하고 싶은데 간판이 순댓국집이다.

그런데 그날은 식당에 들어서자마자 놀라지 않을 수 없었다. 식당 가득 교복을 입은 앳된 남학생들이 시끌벅적 떠들며 밥을 먹고 있었다. 말하는 걸로 보아 같은 반 아이들로 보였다.

한쪽 구석에 자리를 잡고 앉았다. 식당을 가득 메우고 있는 학생들의 얼굴을 찬찬히 살펴보니 중학교 고학년쯤 돼 보였다. 학생들 가운데 중년의 남성이 한 분 계셨다. 선생님이 아닐까 싶었다. 그 남성이 학생들을 향해 말했다.

"얘들아! 밥 부족한 사람들은 이모님한테 말씀드려서 더 시켜 먹어."

순간 내 학창 시절이 어렴풋이 떠올라 기분이 묘했다. 반에 좋은 일이 있어 선생님께서 한턱 쏠 일이 있을 때 치킨이나 피자를 주문해서 교실에서 다 같이 왁자지껄 수다 떨며 먹었던 기억.

"내가 학교 다닐 때도 선생님이 국밥 한 그릇 사주셨으면 이 맛을 일찍 알았을 텐데 말이야."

무심코 친구에게 던진 말을 마침 음식을 내오던 식당 주인아주머니께서 듣고 말을 건넸다.

"방학한다고 선생님이 한턱 내신대요. 좀 시끄러워도 양해 부탁드릴게요."

식사를 먼저 마친 선생님께서 밖으로 나가시더니 얼마 지나지 않아 다시 돌아오셨다. 손에 까만 비닐봉지가 들려 있었는데 난 그 안에 천 원에 몇 개 하는 아이스크림이 들어 있을 것이란 걸 직감적으로 알 수 있었다. 학생들의 표정은 한층 더 밝아졌다. 이제 막 방학이 시작되는 것도, 같은 반 친구들과 식당에서 떠들며 밥을 먹는 것도, 선생님의 훈훈한 모습도 그들에게는 사소한 일이긴 하지만 오래 기억에 남을 거란 생각이 들었다.

　　모처럼 떠올려 본 지난 학창 시절의 풋풋한 기억들. 내게도 아직 저 아이들과 같은 꿈이 남아 있다는 걸 떠올리니, 참 부족함 없는 오늘이다.

가끔은 너른 마음도 필요할 텐데

넉넉한 마음을 유지하는 일이 결코 쉽지 않다.

이른 아침 쇼핑몰 사업을 하는 지인에게 연락이 왔다.

그는 무척이나 억울한 일을 당했는지 씩씩대며 말을

했다.

오랫동안 정을 나누고 지낸 친구가 있었다고 한다. 그는 제대를 하고 그 친구와 의류 사업을 시작했고 나중엔 사업체를 분리하게 되었다고 했다. 그 친구가 일손이 부족할 때는 자기 쇼핑몰 직원까지 동원해가며 포장 일을 돕기도 하면서 친구의 성공을 진심으로 바랐다고 한다.

여기까지만 들으면 훈훈한 이야기일 성싶지만, 이어지는 이야기는 그게 아니었다.

그는 최근 들어서 자신의 쇼핑몰이 대박 났다고 했다. 주문 폭주로 인해 일손이 현저히 부족한 상황이라 내심 친구가 도와주지 않을까 하고 기대도 했다. 서로의 사정을 뻔히 다 아는 처지였지만 친구에게선 연락이 없었다. 뭐 바쁘니까 그럴 수도 있겠지 하고 서운한 마음을 달래던 중, 자신이 운영하는 사이트에 악성 리뷰가 급증한 걸 확인했다. 방치하면 안 되겠다 싶어서 아이디를 확인해 조사해보니, 그게 바로 친구의 아이디이었더라는 것이다.

지인은 그날 이후 충격에서 헤어나오지 못했다. 고생고생하며 쇼핑몰을 꾸려오다가 이제 운영이 좀 나아져서 다리 좀 펴고 살려나 싶었는데, 이런 사태가 벌어진 것이다.

"진짜 어떡해야 할지 모르겠다. 이제 먹고살 걱정 좀 더나 싶어서 기분이 좋았는데…. 믿는 도끼에 발등 찍힌다는 게 이럴 때 쓰는 표현인가 보다."

차마 뭐라 건넬 말이 없었다. 딱히 무슨 조언을 구하거나 위로를 받고 싶어서 전화한 건 분명 아닌 것 같았다. 나로서는 그저 그의 말에 동조해가며 차분히 들어주는 길밖에 없었다.

전화를 끊고 그가 처한 상황을 다시 떠올려봤다. 그의 말이 가감 없는 사실이라면, 그의 친구는 우정과 상도의를 동시에 저버린 행동을 한 것이다. 이웃이 땅을 사서 배가 아프다면, 혼자 복통을 견디면 그만이지만, 친구가 잘된다고 재를 뿌린다는 건 도저히 용서받을 수 없는 짓이다.

그의 친구는 이미 돌아올 수 없는 강을 건넜고, 둘의 관계 또한 예전으로 돌아갈 순 없을 것이다. 설령 지인이 대인배처럼 받아준다고 해도 그 친구는 돌아오기 힘들 것이다. 좀생이 같은 마음을 이기지 못하고 진심으로 자신을 위해주는 친구를 잃다니, 참 딱한 사람이다.

시기와 질투를 품고 사는 사람들은 어디든 있기 마련이다.

그렇더라도 나만은 그렇게 살지 말아야 한다.

조금 더 넓은 마음으로, 조금 더 깊은 마음으로 다가가야 한다.

비록 말처럼 쉬운 일이 아니라 할지라도.

따뜻한 안부

언제부턴가 다른 이가 내 안부를 묻는 것이 낯설게만 느껴졌다.

안부의 사전적 정의는 '어떤 사람이 편안하게 잘 지내고 있는지 그렇지 아니한지에 대한 소식, 또는 인사로 그것을 대신 전하는 일'이다. 사람들은 대개 전화로 서로에게 소식을 전하는데, 상대방의 얼굴을 보며 말하는 게 아니다 보니 자칫하면 그 뜻이 왜곡되는 일이 생길 때도 있다.

인생을 살아가면서 만나는 수많은 사람들 중 나를 필요할 때만 찾는 이가 꼭 한두 명쯤은 있다. 어떤 이들에게는 나 또한 그렇게 생각될지 모르겠다. 어쨌거나 그들이 나를 찾는 이유와 목적은 하도 다양해서 나열하기 힘들 정도다. 아무리 사탕발림 같은 말을 들어도 은연중에 자신의 이익을 얻으려는 의도가 보이면 내 마음에 먹구름이 드리워지고 만다.

내가 너무 까칠하거나 비관적이어서 그런 것은 아닐까. 그러나 느닷없이 안부 전화를 걸어온 상대의 이야기를 듣다 보면 이건 정말 아니다 싶은 일들이 종종 있다. 고민하고 또 고민해서 상대의 의도를 파악했다 하더라도 나중에 너무 섣불리 판단했다는 후회와 반성을 초래하는 경우도 없지 않다. 그래서 공연한 오해로 실수라도 할까 싶어 스스로 수도 없이 반문해보고, 아무리 속이 훤히 들여다보이는 안부라 해도 일단은 반갑게 맞이하려고 한다.

최근에 있었던 일이다. 마감에 쫓겨 바쁘게 원고를 수정하고 있을 때였다. 나보다 여섯 살 많은 지인의 전화였다.

"어! 형 오랜만이네요!"
"민석아 잘 지내지?"

그간의 근황을 물어보며 시간을 보내던 중, 나의 몹쓸 버릇이 발동했다. 상대방이 나에게 전화를 건 목적부터 파악하려는 것이다.

"근데 이렇게 야심한 밤에 무슨 일로 연락을 다 주셨어요. 무슨 일 있는 건 아니죠?"

나는 대화 중에 적절한 순간이 오면 이 말을 거의 기계적으로 내뱉는 편이다. 이 말을 할 때마다 유쾌한 목소리로 말하려고 은연중에 신경을 쓴다. 마음이 그리편치 않다는 뜻이기도 하다. 예상 밖의 대답이 나오는 건 아닌가 하는 불안과 혹시나 상대방의 기분을 상하게 하면 어쩌지 하는 걱정이 묻어 있기 때문이다. 결코입 밖으로 꺼내기 편한 말은 아니지만 그래도 용건은먼저 확인하는 편이 낫다. 깔끔하고 뒤탈 없는 관계를위해서 말이다.

그는 그냥 갑자기 내가 생각이 나서 전화했다고 했다. 밥은 잘 먹고 다니는지, 혼자 있을 땐 더 잘 챙겨 먹어야 된다느니 하며 뭔가 어린아이를 걱정하는 투로 그는 대화를 이어갔다.

문득 그의 말투에서 느껴져 오는 것이 있었다.

'아! 정말 순수하게 내가 생각나서 전화를 한 사람이구나!'

생각을 달리 하니 마음이 조금 가벼워졌다. 사심 없는 안부 전화라 그런지 그와의 수다는 한 시간가량 이어졌다. 바로 다음날 오랜만에 얼굴 한번 보자는 약속까지 했다.

다음날 근 몇 개월 만에 그 형을 만났다. 오랜만이었지만 어색하지 않았다. 경상도 사나이 특유의 무심한 말투로 살이 더 찐 거 같다며 나를 놀렸지만 그마저도 친근함이 묻어났다. 시시콜콜한 일상과 주변 사람들 소식부터 제법 묵직하게 들릴 법한 인생 이야기까지 그저 대화가 흘러가는 대로 주고받으며 유쾌한 시간을 보냈다.

요즘은 SNS를 통해 대충이나마 서로 소식을 접할 수 있어서인지 전화로 안부를 묻는 일이 많지 않은 것 같다. 그래서인지 갑작스러운 안부 전화가 낯설게 다가오기도 하지만 상대가 조곤조곤 자신의 소식을 전하고 다정한 목소리로 안부를 물어올 때면 그 진심이 느껴져 한결 기분이 좋아진다.

골목길을 걷다 불현듯 내 얼굴이 떠올랐다든지, 설렁탕을 먹다가 객지에서 자취생활을 하고 있는 내가 밥이나 제대로 챙겨먹고 사는지가 궁금했다든지, 간밤의 꿈자리가 뒤숭숭해 혹시 무슨 일이라도 생겼을까 염려스러웠다든지, 그런 사소한 이유들로 안부를 물어오면 언제나 감사하고 마음이 훈훈해져 내가 인생을 잘못 살아온 건 아니구나 하는 생각마저 들곤 한다.

또 반대로 나는 누군가에게 이렇게 따뜻한 사람이었나 하는 반성도 하게 된다. 어떤 사심도 없이 단지 관심과 애정으로 내게 먼저 따뜻함을 전해주었던 사람들에게만큼은 꼭 그 마음을 갚아 나가야겠다. 관심과 애정은 되돌려준다고 사라지는 것이 아니라 주고받으면서 더욱 커지는 것이니까.

사실 안부 전화 한 통이 뭐 그리 어렵겠나. 그것마저 일 때문에 바쁘다는 핑계를 대며 미룬다면 그건 아예 마음이 없는 것이다. 그게 아니라면 생각이 떠올랐을 때 바로 상대에게 전화를 하자. 핸드폰을 하루 종일 곁에 두는 건 필요할 때 바로 쓰기 위해서가 아니겠는가. 그리고 나직하지만 다정한 목소리로 말을 건네자.

"오랜만이다. 잘 지내?"

처음부터 또다시

"오늘 퇴사하겠습니다."

직장을 그만두었다. 같이 일하는 동료와 갈등을 빚거나 회사에 불만을 품어서 떠나는 것은 결코 아니었다. 단지 내가 하는 일에 만족을 느끼지 못한다는 사실을 견딜 수가 없어서였다. 언제부턴가 관성으로 일을 하고 있는 나 자신을 발견하게 되었다.

퇴사를 결심하기까지 심적으로 많이 복잡했다.

먼 훗날 지금 이 시간을 돌아봤을 때 나는 과연 무슨 생각을 하게 될까? 스스로에게 물음을 던졌다. 답은 이미 나왔다. 자신의 일을 사랑하지 않고 열정이 솟아나오지 않는 곳에 행복은 없었다.

하지만 섣부른 판단일지 모른다는 걱정에 고민은 더해져갔다. 안정된 직장을 내 발로 박차고 나간다는 것. 고정 수입을 비롯해 4대 보험과 회사에서 주는 각종 혜택들. 그리고 정들었던 동료들과 이별해야 한다는 괴로움. 여러 이유들이 내 발목을 잡았다.

그렇게 퇴사를 하고 싶다는 고민을 안고 몇 개월을 더 출근했다.

마음이 떠난 곳엔 이미 다른 마음들로 가득 채워졌다. 야근을 불사하며 자처했던 지난날에 비하면 늘 정시에 퇴근하게 되었다.

그렇다고 당장 이렇다 할 다른 직장을 준비하는 것도 아니었다. 현실적인 문제들과 직면해 걱정거리는 쌓여만 갔다. 하지만 퇴사를 하지 않고 지금 이대로만 살아간다면 해결되는 쉬운 문제들이다. 아니, 내가 스스로 만든 걱정들이었다.

나는 아직 젊다. 그렇게 느껴졌다. 이 창창한 나이에 단지 돈에 쫓겨 가며 하고 싶은 것을 포기해버리기엔 너무 일렀다. 그렇게 믿었다. 그래! 마음먹었을 때 저질러버리자!

회사 대표에게 그간 고민해온 내 생각들을 전했다. 그는 아쉬워하면서 한 번만 다시 생각해보라며 나를 잡았다.

"휴가라도 줄 테니까 푹 쉬다가 그때 다시 이야기해보는 건 어때?"

그의 말은 따뜻했다. 하지만 이미 결심은 굳은 터.

회사의 성장을 위해 열정을 쏟아붓는 사람들 속에서 나 혼자만 동떨어진 상태로 지내다보면 동료들에게 괜한 피해가 갈 게 뻔했다. 대의를 위해 내린 결정이라고 스스로 핑계 댔다. 대표에게 아쉽고 미안한 마음을 전하며 다음날 동료들과 마지막 인사를 나눴다.

혼자 있는 시간들이 이전보다 확실히 많아졌다.

이 넘쳐나는 시간들을 어떻게 사용해야 할지 벅차기까지 했다. 하지만 마냥 철부지처럼 지낼 수는 없는 노릇. 첫 단추를 잘 끼워야 한다는 생각이 들었다. 회사 생활을 하면서 그동안 배우고 싶었던 것이 몇 가지 있었다. 평소에 작곡이나 작사에 관심이 있었다. 따로 음악 학원을 등록해 한 달 동안은 그것에 미쳐 지냈다.

새로운 걸 배우면서 도전하는 그 설렘. 오랜만이었다. 하지만 정작 이걸 업으로 삼기엔 내 재능과 흥미가 턱없이 부족하다는 걸 느꼈다. 마음을 비우고 학원을 오가는 날만큼만 열심히 해보자는 식이었다.

그간 직장 생활을 하면서 필요한 실무 자격증도 여럿 알아본 적이 있었다. 다음에 도전해볼 목록들을 공책에 빼곡히 적어갔다.

　확실히 이전보다 삶이 즐거워졌다. 마음의 여유도 느낄뿐더러 내가 만족하고 있다는 사실만으로도 행복했다. 그동안 일궈왔던 것을 모두 내려놓고 처음부터 다시 만들어가는 길. 아마 가끔은 퇴사하기 이전의 시간이 그리울 수도 있겠지만, 지금의 선택에 후회는 없다고 자부한다.

　살아가면서 선택의 순간은 무수히 많다.
　그날 난 또 한 번 큰 도박을 했다.

　앞날은 한 치 앞도 모른다.
　오늘을 살아감으로써 이 하루가 어떠한 결과를 불러올지는 아무도 모른다.

조금 더 나에게 귀를 기울이기로 했다.

내가 진정 무얼 원하고 내가 무얼 하며 지낼 때 행복한지.

어느 한 따사로운 봄날. 다시 씨앗을 뿌렸다.

심어진 씨앗에 물을 주고 거름을 준다.

언젠가 꽃을 피우겠다는 믿음을 갖으면서.

처음부터 또다시 삶의 과정들을 겪어 나가보려고 한다.

오늘을 살아가는 나를 온전히 믿으면서.